ROI DE CARREAU

RENEE ROSE

Traduction par

MYRIAM ABBAS

Traduction par

VALENTIN TRANSLATION

« Sombre, torride, absolument parfait... Renee Rose maîtrise ce genre comme personne. » Alta Hensley, auteure de best-sellers au classement du *USA Today*

Je l'avais prévenue.

Je lui avais dit de ne plus remettre les pieds dans mon casino. Je lui avais dit de garder ses distances. Parce que si je la retrouve à proximité de ma suite, je la ferai mienne.

Et une fois qu'elle sera à moi, je ne la libérerai plus jamais.

Je suis le roi de la mafia de Las Vegas et je prends ce que je veux.

Alors, elle a intérêt à fuir, à ne plus s'approcher de mon casino.

Sinon, elle n'en partira plus jamais.

Roi de carreau est une romance indépendante dans le milieu de la mafia, premier tome de la série *Les Nuits de Vegas*. Ce roman ne se termine pas sur un suspense et n'aborde pas le thème de l'infidélité.

CHAPITRE PREMIER

Sondra

Je tirai sur l'ourlet de mon uniforme de femme de chambre, une robe à fermeture éclair. La tenue rose Malabar s'arrêtait en haut des cuisses et m'allait comme un gant, moulant mes courbes, soulignant mon décolleté. Clairement, les propriétaires de l'hôtel et casino Bellissimo voulaient que leurs femmes de chambre aient l'air aussi sexy que leurs serveuses.

Je faisais avec. Je portais une paire de chaussures à talons compensés et à lanières, suffisamment confortables pour nettoyer les chambres, mais suffisamment sexy pour souligner le galbe de mes jambes, et j'avais remonté mes cheveux blonds qui tombaient sur mes épaules en deux couettes souples.

À Rome, fais comme les Romains, hein ?

Mes amies féministes de l'université auraient pété les plombs.

Je poussai le chariot de ménage pas si petit que ça dans le couloir du côté grand hôtel du casino. J'avais passé la matinée à nettoyer les saletés des gens. Et permettez-moi de vous le dire, les saletés à Las Vegas sont incroyables. Attirail de drogue. Sperme. Préservatifs. Sang. Et c'est un endroit onéreux et de grande classe. Je ne travaillais ici que depuis deux semaines et j'avais déjà vu tout ça, et bien davantage.

Je travaillais rapidement. Certaines des femmes de chambre recommandaient de prendre son temps pour ne pas être surchargé par encore plus de travail, mais j'espérais encore impressionner quelqu'un du Bellissimo, qui me donnerait un meilleur boulot. D'où la tenue de fantasme de soubrette, version casino.

Me pomponner m'avait probablement été soufflé par ce que ma cousine Corey surnommait *la Voix du Mal.* J'étais à l'opposé d'avoir un sixième sens ou d'écouter la voix de la raison, surtout en ce qui concernait la population masculine.

Pourquoi serais-je fauchée et sous le coup d'une déception amoureuse à cause du fêtard infidèle que j'avais laissé à Reno, sinon ? J'étais une femme intelligente. J'avais un master. J'avais un poste de professeur adjoint correct et un bel avenir.

Mais quand je m'étais rendu compte que tous mes soupçons sur l'infidélité de Tanner étaient vrais, j'avais chargé la Subaru que je partageais avec lui et j'étais partie à Las Vegas pour loger chez Corey, qui avait promis de me trouver un boulot de croupière avec elle ici.

Mais il n'y avait pas de boulot de croupier disponible en ce moment – seulement dans l'entretien. Donc maintenant j'étais au bas de l'échelle, fauchée, célibataire, et sans véhicule parce que ma voiture avait été réduite à l'état d'épave dans un délit de fuite le jour de mon arrivée.

Pas que je prévoyais de rester ici sur le long terme. Je ne faisais que tâter le terrain à Las Vegas. Si ça me plaisait, je postulerais pour un emploi de professeur adjoint à l'université. J'envisageais même d'être professeure remplaçante au lycée une fois que j'aurais un véhicule pour me déplacer.

Mais si je pouvais décrocher un travail de croupière, je le prendrais parce que la paie serait trois fois supérieure à ce que je gagnerais dans le système scolaire public. Ce qui était une tragédie dont il faudrait discuter un autre jour.

Je retournai dans l'espace de stockage principal, qui était aussi le bureau de ma cheffe, et remplis mon chariot dans la réserve d'entretien, empilant des serviettes et des boîtes à savon en rangs soignés.

— Oh, pour l'amour du ciel !

Marissa, ma responsable, fourra son téléphone dans la poche de sa tenue de femme de chambre. C'était une femme sexy de quarante-deux ans. Sa robe la moulait à tous les bons endroits, donnant l'impression que c'était une robe qu'elle avait choisi de porter, plutôt qu'un uniforme.

— J'ai quatre personnes en congé maladie aujourd'hui. Maintenant je dois aller faire les suites des patrons moi-même, grogna-t-elle.

Je me redressai. Je le savais... c'était *la Voix du Mal*. J'avais une fascination morbide pour tout ce qui était mafioso. Genre, j'avais regardé chaque épisode des *Soprano* et j'avais mémorisé le script du *Parrain*.

— Vous voulez dire les chambres des Tacone ? Je vais les faire.

C'était stupide, mais je voulais les apercevoir. À quoi ressemblaient de vrais mafieux ? À Al Pacino ? À James Gandolfini ? Ou étaient-ils simplement des types ordinaires ? Peut-être que j'étais déjà passée à côté d'eux avec mon chariot.

— J'aimerais bien, mais vous ne pouvez pas. C'est une question d'habilitation de sécurité spéciale. Et croyez-moi... vous n'en avez pas envie. Ils sont super paranos et vachement difficiles. Vous ne pouvez pas faire une erreur dans ce que vous regardez sans vous faire passer un savon. Ils ne voudraient vraiment pas voir quelqu'un de nouveau là-haut. Je perdrais probablement mon boulot, à vrai dire.

J'aurais dû être intimidée, mais ces nouvelles ne faisaient que renforcer le mystère que j'avais créé dans mon esprit autour de ces hommes.

— Eh bien, je suis volontaire et disponible, si vous voulez. J'ai déjà terminé mon couloir. Ou je pourrais vous accompagner et vous aider ? Pour que ça aille plus vite ?

Je vis ma suggestion se faufiler entre ses objections. L'intérêt apparut sur son visage, suivi par davantage de consternation.

J'adoptai une expression serviable et pleine d'espoir.

— Eh bien, peut-être que ça irait... Je vous superviserai, après tout.

Oui ! Je mourais de curiosité de voir les boss de la mafia de près. C'était idiot, je le savais, mais je ne pouvais pas m'en empêcher. Je voulus envoyer un texto à Corey pour lui annoncer la nouvelle, mais je n'avais pas le temps. Corey savait tout de ma fascination, puisque je lui avais déjà tiré les vers du nez.

Marissa chargea d'autres choses sur mon chariot et nous partîmes ensemble vers le hall d'ascenseurs spéciaux : les seuls qui atteignaient le haut du bâtiment et requéraient une carte magnétique d'accès.

— Alors, ces gars sont vraiment susceptibles. La plupart du temps, ils ne sont pas dans leurs chambres, et la seule chose dont vous devez vous inquiéter, c'est de rester éloignée de leurs bureaux, expliqua Marissa une fois que nous eûmes quitté le dernier étage public et qu'il ne resta plus que nous deux dans l'ascenseur. N'ouvrez aucun tiroir… ne faites rien qui puisse avoir l'air fouineur. Je suis sérieuse... Ces gars sont effrayants.

Les portes coulissèrent et je poussai le chariot, la suivant et tournant vers la première porte. Le bruit de voix masculines bruyantes provenait de la chambre.

Marissa grimaça.

— Frappez toujours, chuchota-t-elle avant de lever la main et de frapper du poing.

Clairement, ils ne l'entendirent pas, parce que la discussion bruyante continua.

Elle frappa de nouveau et l'échange s'arrêta.

— Ouais ? lança une voix masculine et profonde.

— Femme de chambre.

Nous attendîmes alors que le silence accueillait son annonce. Après un instant, la porte s'ouvrit en grand pour révéler un homme d'âge mûr aux cheveux légèrement grisonnants.

— Ouais, on allait partir.

Il enfila ce qui devait être une veste de costume à mille dollars. Un léger embonpoint élargissait sa taille, mais autrement il était extrêmement beau. Derrière lui se tenaient trois autres hommes, tous habillés de costumes tout aussi élégants, aucun ne portant de veste.

Ils nous ignorèrent alors qu'ils passaient à côté de nous, reprenant leur conversation dans le couloir.

— Alors je lui dis...

La porte se referma derrière eux.

— Ouf ! souffla Marissa. C'est bien plus facile s'ils ne sont pas là.

Elle leva les yeux vers les angles de la pièce.

— Bien sûr il y a des caméras partout, alors ce n'est pas comme si nous n'étions pas observées.

Elle pointa du doigt une minuscule lumière rouge qui

provenait d'un petit appareil installé dans le coin du mur et du plafond. Je les avais déjà remarquées partout dans le casino.

— Mais c'est moins stressant que de devoir marcher sur la pointe des pieds autour d'eux.

Elle fit un mouvement sec de la tête vers l'extrémité du couloir.

— Vous prenez la salle de bains et les chambres, je m'occuperai de la cuisine, du bureau et de la salle de séjour.

— Compris.

J'attrapai le matériel dont j'avais besoin sur le chariot et me dirigeai dans la direction qu'elle avait indiquée.

La chambre était bien aménagée, mais d'une manière impersonnelle. Je tirai les draps et le couvre-lit pour faire le lit. Les draps étaient probablement tissés de trois mille fils, si ça existait. C'était peut-être une exagération, mais, vraiment, ils étaient incroyables.

Juste pour le plaisir, j'en frottai un contre ma joue.

C'était si doux et soyeux ! Je n'arrivais pas à imaginer comment ce serait d'être allongée dans ce lit. Je me demandai lequel des gars dormait ici. Je fis le lit au carré, de la manière dont Marissa m'y avait entraînée, fis la poussière et passai l'aspirateur, puis enchaînai sur la seconde chambre et enfin la salle de bains. Quand j'eus terminé, je trouvai Marissa passant l'aspirateur dans la salle de séjour.

Elle l'éteignit et renfila le cordon.

— Terminé ? Moi aussi. Allons à la suivante.

Je poussai le chariot et elle frappa à la porte de la suite au fond du couloir. Pas de réponse.

Elle nous fit entrer.

— C'est bien plus rapide que vous m'aidiez, dit-elle d'un ton reconnaissant.

Je lui lançai un sourire.

— Je pense que c'est plus amusant de travailler en équipe aussi.

Elle me rendit mon sourire.

— Ouais, c'est bien pour changer, mais d'une certaine manière je ne pense pas qu'ils seraient partants pour ça régulièrement.

— Même répartition ?

— À moins que vous ne vouliez échanger ? Celle-là n'a qu'une chambre.

— Non, dis-je. J'aime bien.

Bien sûr, c'était à cause de ma curiosité dévorante. Il y avait davantage d'effets personnels dans une chambre et une salle de bains, même si je n'avais rien vu d'intéressant dans la suite précédente. Je n'allais pas fouiner, bien sûr. Les caméras dans chaque coin me rendaient nerveuse.

Cet endroit était comme le précédent, comme s'ils avaient payé un décorateur pour les meubler et qu'ils étaient tous identiques. Grand luxe, mais pas tellement de personnalité. Enfin, de ce que je comprenais, les membres de la famille Tacone – en tout cas ceux qui dirigeaient le Bellissimo – étaient tous des hommes célibataires. À quoi pouvais-je m'attendre ?

Je fis le lit et passai à la poussière.

J'entendis la voix de Marissa qui provenait de la salle de séjour.

— Quoi ? lançai-je, mais je me rendis compte qu'elle parlait au téléphone.

Elle entra un instant plus tard, le souffle court.

— Je dois y aller, dit-elle, son visage devenu pâle. Mon fils a été transporté aux urgences pour une commotion.

— Oh merde ! Allez-y… je m'en occupe. Voulez-vous me donner la clé magnétique pour l'autre suite ?

Il y avait trois suites à ce dernier étage.

Elle regarda autour d'elle d'un air distrait.

— Non, il ne vaudrait mieux pas. Pouvez-vous terminer ici et retourner en bas ? Je vais appeler Samuel pour qu'il sache ce qui s'est passé.

Samuel était notre chef, le responsable de l'entretien.

— N'oubliez pas de rester éloignée du bureau dans l'office.

— Bien sûr. Allez-y, dis-je en lui faisant signe de partir. Allez retrouver votre fils.

— D'accord, répondit-elle en sortant son sac à main du chariot et en le passant sur son épaule. On se verra demain.

— J'espère qu'il va bien, dis-je derrière elle alors qu'elle s'en allait.

Elle me lança un faible sourire par-dessus son épaule.

— Merci. Au revoir.

J'attrapai l'aspirateur et retournai dans la chambre. Quand j'eus terminé, j'entendis des voix masculines dans la salle de séjour.

— J'espère que tu pourras dormir un peu, Nico. Ça fait combien de temps ? demanda une des voix.

— Quarante-huit heures. Putain d'insomnie.

— Bonne chance, à plus.

Une porte se ferma.

Mon cœur se mit immédiatement à battre un peu plus vite sous le coup de l'excitation ou du stress. Oui… j'étais une idiote. Plus tard, je me rendrais compte de l'erreur que j'avais commise en ne sortant pas pour me présenter, mais Marissa m'avait rendue nerveuse au sujet des Tacone et je me figeai. Mais le chariot était dans la salle de séjour. Je décidai d'aller dans la salle de bains et de nettoyer tout ce que je pouvais sans nouveau matériel. Finalement, j'abandonnai, pris mon courage à deux mains et sortis.

J'arrivai dans la salle de séjour et sortis trois serviettes pliées, quatre essuie-mains et quatre gants de toilette. Du coin de l'œil, je regardai les larges épaules et le dos d'un autre homme bien habillé.

Il me lança un coup d'œil puis marqua un temps d'arrêt. Ses yeux sombres me parcoururent, s'attardant sur mes jambes et remontant jusqu'à mes seins, puis mon visage.

— *Qui t'es, putain ?*

J'aurais dû m'attendre à cette réaction, mais elle me surprit quand même. Sa voix était effrayante. Vraiment effrayante, et il s'avança vers moi comme s'il était réellement sérieux. Il était magnifique, avec des cheveux noirs ondulés, une mâchoire carrée avec un début de barbe et des yeux aux cils épais qui me sondaient.

— Hein ? Qui. Tu. Es. Putain ?

Je paniquai. Au lieu de lui répondre, je me retournai et allai rapidement dans la salle de bains, comme si y déposer de nouvelles serviettes allait tout arranger.

Il me suivit et entra derrière moi d'un pas raide.

— Que fais-tu là-dedans ?

Il fit tomber les serviettes de mes mains.

Abasourdie, je les fixai, éparpillées sur le sol.

— Je… fais le ménage, avançai-je maladroitement.

Maudite soit ma fascination idiote pour la mafia. On n'était pas dans les *Soprano,* bon sang. C'était un homme dangereux dans la vraie vie qui portait un flingue dans un holster sous son aisselle. Je le savais, parce que je le vis quand il tendit les bras vers moi.

Il me saisit les avant-bras.

— Quelles conneries. Personne qui *te* ressemble, dit-il alors que ses yeux voyageaient de nouveau de haut en bas sur mon corps, ne travaille comme femme de chambre.

Je clignai des yeux, ne sachant pas ce qu'il voulait dire. J'étais jolie, je le savais, mais il n'y avait rien de spécial chez moi. J'étais du genre voisine blonde aux yeux bleus, du style petite et pulpeuse. Pas comme ma cousine Corey, qui était grande, mince, rousse et super canon, avec la confiance en soi qui allait avec.

Il y avait quelque chose de lubrique dans la manière dont il me regardait, qui donnait l'impression que je me tenais là avec des cache-tétons et un string au lieu de ma robe courte et moulante. Je fis l'idiote.

— Je suis nouvelle. Je ne suis là que depuis deux semaines.

Il arborait des cernes sombres sous les yeux, et je me souvins de ce qu'il avait dit à l'autre homme. Il souffrait d'insomnie. Il n'avait pas dormi depuis quarante-huit heures.

— Est-ce que tu places des micros ? demanda-t-il.

— Qu...

Je ne pus même pas répondre. Je ne fis que le fixer comme une idiote.

Il commença à me fouiller à la recherche d'une arme.

— C'est une arnaque ? Qu'est-ce qu'ils croient... que je vais te baiser ? Qui t'a envoyée ?

Je tentai de répondre, mais ses mains chaudes qui glissaient partout sur moi me firent oublier ce que j'allais dire. *Pourquoi parle-t-il de me baiser ?*

Il se redressa et me secoua légèrement.

— Qui. T'a. Envoyée ?

Ses yeux sombres m'hypnotisaient. Il avait l'odeur du casino : du whisky et de l'argent liquide, et en dessous, sa propre essence bouillonnante.

— Personne... je veux dire, Marissa !

Je criai son nom comme un mot de passe secret, mais cela ne fit que l'irriter davantage.

Il tendit la main et passa lestement les doigts le long du col de ma robe, comme s'il cherchait un micro caché. J'étais presque sûre que ce gars avait en partie perdu l'esprit, peut-être délirant à cause du manque de sommeil. Peut-être simplement dingue. Je me figeai, ne voulant pas le provoquer.

À ma grande surprise, il descendit la fermeture éclair à l'avant de ma robe d'un coup sec, jusqu'à ma taille.

Si j'avais été ma cousine Corey, fille d'un méchant agent du FBI, je lui aurais mis un coup de genou dans les parties, flingue ou pas. Mais j'avais été élevée pour ne pas faire de vagues. Pour être une gentille fille et faire ce que l'autorité me disait de faire.

Alors, comme une fichue idiote, je restai là. Un minuscule miaulement s'échappa de mes lèvres, mais je n'osai pas bouger, ne protestai pas. Il descendit brusquement la robe moulante sur ma taille et la tira sur mes hanches.

J'arrachai mes bras du tissu pour les enrouler autour de moi.

Nico Tacone me poussa pour récupérer la robe. Il la ramassa et passa les mains partout dessus, cherchant toujours le micro caché imaginaire pendant que je frissonnais dans mon soutien-gorge et ma culotte.

Je croisai les bras sur ma poitrine.

— Écoutez, je ne porte pas de micro et je ne vous mettais pas sur écoute, soufflai-je. J'aidais Marissa, puis elle a reçu un appel…

— Te fatigue pas, aboya-t-il. Tu es trop parfaite, putain. Quelle est l'arnaque ? Qu'est-ce que tu fous ici ?

J'étais déconcertée. Devais-je continuer à protester en disant la vérité quand cela ne faisait que l'énerver ? Je déglutis. Aucun des mots dans ma tête ne semblait être les bons à prononcer.

Il tendit la main vers mon soutien-gorge.

J'écartai ses mains, le cœur battant comme si je venais de faire deux séances de vélo *spinning* consécutives. Il ignora ma piètre résistance. Ce soutien-gorge avait une fermeture à l'avant et à l'évidence il excellait à retirer la lingerie féminine, parce qu'il fut enlevé plus vite que la robe. Mes seins jaillirent, rebondissant, et il les foudroya du regard, comme si je les avais dévoilés juste pour le tenter. Il examina le soutien-gorge, puis le jeta au sol et me regarda fixement. Ses yeux plongèrent de nouveau sur mes seins et son expression devint encore plus furieuse.

— De vrais nichons, marmonna-t-il comme si c'était condamnable.

J'essayai de reculer, mais je heurtai les toilettes.

— Je ne cache rien. Je ne suis qu'une femme de chambre. J'ai été engagée il y a deux semaines. Vous pouvez appeler Samuel.

Il se rapprocha. Tragiquement, la menace durcie sur son beau visage ne faisait qu'accentuer son charme pour moi. J'avais vraiment un défaut de fabrication. Mon corps s'emballait à sa proximité, mon intimité mouillait. Ou peut-être que c'était parce qu'il venait de me mettre presque nue pendant qu'il se tenait là entièrement habillé. Il me semblait que c'était un fétiche pour certaines personnes. Apparemment, j'étais l'une d'elles. Si je n'avais pas eu aussi peur, cela aurait été super sexy.

Il prit mon postérieur dans sa paume, ses doigts chauds glissant sur le tissu satiné de ma culotte, mais il ne me tripotait pas, il agissait encore avec efficacité, cherchant des micros. Il passa un pouce sous l'entrejambe, sondant le tissu entre ses doigts. Mon ventre palpita.

Oh mon Dieu ! Le dessus de son pouce frôla ma fente humide. Je grimaçai sous la gêne. Il redressa brusquement la tête et me fixa avec surprise, ses narines se dilatant.

Puis ses sourcils se froncèrent brutalement, comme si ça l'énervait que je sois excitée, comme si c'était une ruse.

Ce fut là que tout partit vraiment en vrille.

Il sortit son flingue et me le pointa sur la tête, poussa carrément le canon froid et dur contre mon front.

— *Qu'est-ce. Que. Tu fous ici ?*

Je me fis dessus.

Littéralement.

Dieu me vienne en aide.

Je me figeai et l'urine coula à l'intérieur de mes cuisses avant que je ne puisse l'arrêter. Mon visage s'enflamma sous l'humiliation.

Maintenant, la colère et l'indignation que j'aurais dû éprouver depuis le début jaillirent. C'était pile le mauvais moment pour être insolente, mais je le foudroyai du regard.

— Qu'est-ce qui *ne va pas* chez vous ?

Il regarda fixement le filet sur le sol. Je crus qu'il allait… Eh bien, je ne savais pas ce que je croyais qu'il allait faire, me frapper avec la crosse, ou ricaner, ou autre chose, mais son expression se détendit et il fourra le flingue dans son holster. Apparemment, j'avais enfin eu la bonne réaction.

Il m'attrapa le bras et me tira vers la douche. Mon cerveau faisait des moulinets en essayant de se remettre en route, pour comprendre ce qu'il se passait et comment je pourrais me sortir de cette situation complètement folle et complètement merdique.

Tacone tendit le bras et ouvrit le robinet, laissant la main sous le jet comme pour vérifier la température.

Mon cerveau n'avait pas redémarré, mais je luttais contre sa prise sur mon bras.

Il le lâcha et tendit sa paume vers le haut.

— O.K., dit-il. Vas-y.

Il sortit sa main de la douche et fit un geste brusque de la tête vers le jet.

— Lave-toi.

Est-ce qu'il allait entrer avec moi ? Ou était-ce vraiment pour me laver ?

Rien à foutre. *J'étais* une épave. J'entrai, culotte et le reste.

Je ne sais pas combien de temps je restai là, me noyant sous le choc. Après un moment, je clignai des yeux et la conscience revint lentement. Puis je flippai. Que diable se passait-il ? Qu'allait-il faire de moi ? Est-ce que j'avais vraiment fait pipi sur son carrelage ? Je voulais mourir de honte.

Reprends-toi, Sondra.

Nom de Dieu. Le chef mafieux qui se tenait de l'autre côté du rideau de douche pensait que j'étais un flic des stups. Ou une espionne, ou une moucharde, peu importe comment on appelait ça. Et il venait de me déshabiller, ne me laissant que ma culotte, et m'avait pointé un flingue sur la tête. Les choses ne pouvaient qu'empirer à partir de maintenant. Un sanglot me monta dans la gorge.

Ne pleure pas. Ce n'est pas le bon moment pour pleurer.

Je trébuchai contre la faïence, les jambes trop cotonneuses pour tenir debout. Des larmes chaudes coulèrent sur mes joues et je reniflai.

Le rideau de douche s'écarta légèrement juste au niveau de mon visage et je reculai brusquement. Je ne savais pas qu'il se tenait juste derrière.

~

Nico

Minchia. Merde.

Les doutes qui me restaient sur la fille s'évaporèrent quand je l'entendis pleurer. Si j'avais commis une erreur, elle était énorme, putain. Parce que je ne voulais sérieusement pas devoir expliquer à mon responsable des RH pourquoi j'avais déshabillé une de nos employées et pointé une arme sur sa tête. *Dans ma salle de bains.*

J'avais sérieusement perdu les pédales cette fois. L'insomnie m'emmerdait : elle me rendait paranoïaque et irrité. Je devais faire venir mon petit frère Stefano ici pour m'aider à faire tourner l'entreprise et pouvoir dormir au moins une heure par nuit. Il était le seul en qui j'avais confiance.

— Hé.

J'adoucis ma voix. La fille se tenait sous le jet d'eau, inondant ses couettes à la Harley Quinn et la culotte en satin bleu clair qu'elle portait encore.

J'avais une sacrée envie de la lui arracher pour voir ce qu'il y avait en dessous.

J'étais presque sûr qu'elle était sous le choc, et qui pourrait lui en vouloir ? Je terrifiais mes employés dans mes bons jours. Et c'était sans leur arracher leurs vêtements et les braquer avec une arme.

Sa poitrine frissonna lorsqu'elle laissa échapper un sanglot silencieux et ça me déstabilisa, tout comme son reniflement l'avait fait. D'une certaine manière, je ne pensais pas que les fédéraux sous couverture ni aucune sorte de professionnelle ne pisserait sur mon carrelage et ne se mettrait à pleurer dans ma douche. Donc ouais, j'avais sérieusement foiré.

Je tendis la main derrière elle et arrêtai l'eau, trempant entièrement la manche de ma veste au passage.

— Hé, ne pleure pas.

Un homme meilleur se serait excusé, mais jusqu'à ce que je sois à cent pour cent sûr qu'il n'y avait rien de suspect ici, je ne la laisserais pas partir. Je tirai le rideau de douche d'un coup sec, et la fis sortir pour qu'elle se tienne sur le tapis de bain pendant que j'enroulais autour d'elle une des serviettes qui étaient par terre. Parce qu'elle semblait toujours être sous le choc, je glissai les pouces sous l'élastique de sa culotte mouillée et la fis descendre sur ses jambes tremblantes. Je ne devais pas être aussi vicelard que je le croyais, parce que je réussis d'une manière ou d'une autre à ne pas regarder ce qu'elle cachait en dessous quand je me baissai pour m'accroupir, attraper sa cheville et l'aider à retirer le tissu dégoulinant.

Je la jetai dans la poubelle. Tout à l'heure, j'avais lancé une serviette à l'endroit où elle avait pissé, et ses yeux filaient là-bas maintenant.

Je savais qu'elle devait se sentir complètement humiliée, mais en fait, elle n'était pas la première personne qui s'était fait dessus à cause de moi. Je supposai que c'était la première femme. La seule que j'étais désolé d'avoir effrayée.

Elle essayait d'étouffer ses sanglots, ce qui, bien sûr, ne fit que les transformer en reniflements et en hoquets étranglés. Maintenant, je me sentais vraiment comme un connard de premier ordre.

— Oh, *bambina*.

J'attrapai les deux coins de la serviette, et l'attirai contre moi. Sa peau humide mouilla mon costume, mais je ne pouvais penser qu'à la douceur de son corps nu et sexy contre le mien. L'épuisement dans mes membres diminua, chassé par les flammes d'un désir incandescent.

— Chuut. Ça va aller.

Elle tremblait contre moi, mais ses sanglots se calmaient.

— Je t'ai fait mal ?

Elle secoua la tête, ses couettes humides projetèrent une goutte d'eau sur ma joue. Son regard la suivit. Une mèche libérée à l'avant tomba sur ses yeux.

Je déplaçai ma prise sur la serviette, ne la tenant plus que d'une main, et j'utilisai l'autre pour écarter les cheveux de son visage.

— Ça va aller, répétai-je.

Elle cligna de ses yeux bleus aux longs cils levés vers moi. J'aimais l'avoir contre moi, captive, là où je pouvais mieux l'étudier. Elle était aussi belle que je l'avais pensé au début, avec une peau de porcelaine et des pommettes hautes. Ce n'était pas seulement la beauté qui la rendait spéciale. Elle avait une autre qualité qui lui donnait l'air tellement incongru ici. Une frimousse innocente. Pourtant elle n'était pas excessivement naïve ni jeune. Elle n'était pas bête non plus. Je n'arrivais pas à mettre le doigt dessus.

Je ne la libérais pas. Je ne voulais pas. La chaleur de son corps irradiait à travers mes vêtements humides et emplissait mon esprit des pensées les plus perverses. Si j'avais été un gentleman, j'aurais quitté la pièce et l'aurais laissée s'habiller, mais je ne l'étais pas. J'étais un connard avec un hôtel casino à diriger.

Et je ne savais toujours pas qui diable était cette fille ni comment elle avait fini dans ma suite. Et sérieusement, des têtes allaient tomber pour ça. Encore plus parce qu'elle en avait souffert.

Bon. Si mon cerveau avait mieux fonctionné mieux, j'aurais pu reconnaître que j'étais le seul qui aurait dû endosser la responsabilité, surtout parce que je la retenais toujours nue et captive.

— C'est juste qu'une fille comme toi ne nettoie habituellement pas des chambres à Las Vegas, suggérai-je comme la plus piètre des excuses.

Seulement c'était vrai. J'étais sûr qu'il y avait d'autres filles comme elle ailleurs. Mais je n'en voyais aucune dans les parages. Tout ce que je voyais, c'était les arnaqueuses aux faux seins qui essayaient d'atteindre un objectif. Des professionnelles. Des femmes qui utilisaient leurs corps comme des armes. Et je n'avais aucun problème avec elles. J'étais heureux d'utiliser leurs corps aussi.

Mais celle-ci… elle était différente.

Ses lèvres pleines couleur fruits rouges s'entrouvrirent, mais elle ne dit rien.

Je ne pouvais pas éviter de la toucher. Je passai le pouce sur sa lèvre inférieure, d'avant en arrière sur la chair pulpeuse.

Ses pupilles se dilatèrent, m'encourageant à continuer.

— Une fille comme toi est habituellement sur la scène – un genre de scène –, même si ce n'est que dans un club pour hommes.

Ses yeux se plissèrent, mais je ne me tus pas.

— Une fille comme toi pourrait se faire un paquet de fric en vendant son corps.

Marie miséricordieuse, je voulais l'embrasser. J'approchai les lèvres, mais réussis à m'arrêter au-dessus des siennes. Un baiser ne serait absolument pas le bienvenu. J'étais peut-être un con effrayant, mais je n'abuserais jamais d'une femme.

— Tu sais combien un gars comme moi paierait pour une nuit avec toi ?

Cette fois, j'étais vraiment allé trop loin. Elle essaya de s'arracher à moi. Je ne la relâchai pas, mais je relevai sa tête. Elle serra les lèvres un instant avant de dire :

— Puis-je y aller ?

Je reculai légèrement, mais secouai la tête.

— Non.

C'était une syllabe décisive, courte et brusque.

Elle tressaillit. Ses pupilles dilatées se rétrécirent sous la peur. Je ne l'appréciais pas effrayée autant que je l'appréciais tremblante et douce, ouverte à moi, comme elle l'était un instant auparavant. Mais c'était une distinction subtile, parce que j'aimais cette position de pouvoir, l'avoir ici, à ma merci.

— J'ai encore besoin de réponses.

Je la fis reculer contre le bord du lavabo, puis la soulevai par la taille et la posai dessus, ses fesses nues sur le marbre frais. La serviette s'ouvrit quand je la relâchai, et je me rinçai de nouveau l'œil avec ses seins d'une perfection généreuse alors qu'elle se dépêchait de trouver les coins et de la refermer.

Je secouai la tête pour dissiper le nouveau déferlement de désir qui se propageait en moi. Ma queue était devenue dure comme de la pierre. J'étais un homme habitué à obtenir tout ce qu'il voulait, ce qui incluait habituellement les femmes. Que celle-ci ne soit pas disponible me faisait la désirer encore davantage.

— Sérieusement, marmonnai-je. Je paierais cinq mille dollars pour une nuit avec une fille comme toi.

Alors même que je le disais, je savais que je ne la voudrais jamais comme ça. Je voudrais encourager le consentement chez elle.

Et c'était ma pensée la plus étrange jusque-là. Parce que je ne passais jamais, jamais de temps à sortir avec quelqu'un.

— Je ne suis pas une prostituée, dit-elle d'un ton cassant, ses yeux bleus étincelants.

Sa colère me sortit de mon fantasme né de la privation de sommeil. Je clignai des yeux plusieurs fois.

— Je sais. Je dis juste que tu pourrais te faire beaucoup d'argent dans cette ville.

Je secouai la tête. Qu'est-ce que je racontais, putain ? Je ne voulais pas que cette fille devienne une de ces femmes.

Et elle voulait simplement dégager d'ici. Alors je devais retourner à mon interrogatoire.

— Qui es-tu et pourquoi es-tu ici ?

Elle prit une inspiration tremblante.

— Je m'appelle Sondra Simonson. Ma cousine, Corey Simonson, travaille ici comme croupière. Elle m'a trouvé ce boulot de femme de chambre en attendant que quelque chose de mieux se présente.

Elle parlait rapidement, mais ça ne semblait pas avoir été appris par cœur. Et il y avait assez de détails pour que ça ait l'air vrai.

— Marissa est ma cheffe, et je lui ai proposé de l'aider à nettoyer les chambres ici parce que les habituées sont malades. Son gamin s'est fait une commotion et elle a dû me laisser ici toute seule. Tout ce que j'ai fait, c'est faire le ménage.

Elle leva le menton, même si son pouls palpitait à un rythme frénétique dans son cou.

J'attendais qu'elle continue, pas parce que j'étais encore si soupçonneux que ça, mais parce que j'aimais bien l'écouter parler.

Elle continua à babiller :

— J'arrive de Reno et je viens d'emménager ici… J'enseignais l'histoire de l'art au Truckee Meadow Community College.

Je penchai la tête, essayant d'assimiler cette nouvelle information. Cela ne faisait qu'accroître l'incongruité de la présence de cette fille dans ma chambre.

— Pourquoi est-ce qu'une professeure d'histoire de l'art travaille comme une fichue femme de chambre dans mon hôtel ?

— Parce que j'ai très mauvais goût en matière d'hommes, lâcha-t-elle.

— Vraiment ?

Je dus m'empêcher de sourire. J'appuyai une hanche contre le plan de travail entre ses cuisses écartées. Quand elle rougit, je sus qu'elle devait penser à la proximité de son joli petit sexe nu avec la partie de mon corps la plus impatiente de la toucher.

J'étais encore plus fasciné par cette charmante créature, maintenant. De quel genre de gars une professeure d'histoire de l'art tombait-elle amoureuse ?

Elle déglutit et hocha la tête.

— Ouais.

— Tu as suivi un gars ici ?

— Non, répondit-elle en expirant avec un soupir. J'en ai laissé tomber un. Il s'avère que nous ne partagions pas le même intérêt pour le polyamour.

Je levai un sourcil. Elle m'étudia en retour de ses yeux bleus brillants d'intelligence, maintenant que la peur s'estompait.

— Disons simplement que l'avoir trouvé à se taper trois filles dans notre lit sera pour toujours gravé dans mon esprit. Donc, dit-elle en haussant les épaules, j'ai sauté dans notre voiture et pris la route pour Las Vegas. Mais le karma m'a eue parce qu'elle a été réduite à l'état d'épave quand je suis arrivée.

— Pourquoi le karma ?

— Parce que la moitié de cette voiture appartenait à Tanner et que je l'ai volée.

Je haussai les épaules.

— Quel nom était sur les papiers ?

— Le mien.

— Alors c'est ta voiture, dis-je, comme si j'étais le mec qui prenait la décision finale sur toutes les choses concernant son ex. Mais ça n'explique toujours pas pourquoi tu es dans ma salle de bains.

Ou peut-être que si. Mon cerveau court-circuitait toujours à cause du manque de sommeil. La vérité pure était probablement que je ne voulais pas la laisser partir. J'aurais aimé l'attacher dans ma chambre et l'interroger avec mon *flogger* en cuir toute la nuit. Je me demandais à quoi ressemblerait cette peau pâle avec l'empreinte de mes mains dessus.

C'est trop, Tacone. J'essayai de reculer. La pièce tanguait alors que ma vision diminuait. Merde, j'avais besoin de sommeil.

Elle cligna rapidement des yeux.

— Parce que vous ne voulez pas me laisser partir ?

J'avais raison. Elle était futée.

Les coins de ma bouche frémirent.

— Un boulot de femme de chambre, c'est tout ce que j'ai pu trouver au dernier moment. Je préférerais travailler comme croupière. Vous pensez pouvoir me mettre en contact ?

Maintenant, elle devenait impertinente.

C'était drôle, je n'avais pas envie de la remettre à sa place comme je le faisais habituellement avec les employés. À moins, bien sûr, que ça n'implique qu'elle soit nue et à ma merci.

Ah ouais, ça, c'était déjà fait.

Mais la suggestion qu'elle travaille comme croupière m'irritait à mort. Je ne savais pas si c'était parce qu'elle serait détruite par Las Vegas en un mois, ou parce que je voulais vraiment la garder dans ma chambre. À nettoyer le sol. Nue.

— Non.

Elle tressaillit parce que j'avais prononcé le mot trop durement. J'avais vraiment des difficultés à ajuster mon comportement. Mais elle haussa simplement les épaules.

— Enfin, c'est temporaire, de toute façon. Jusqu'à ce que je gagne assez pour avoir une nouvelle voiture et trouver un boulot d'enseignante.

D'accord, même si je ne faisais pas confiance à mon instinct, je pensais qu'elle était qui elle disait être. Ce qui signifiait que je n'avais pas de bonne raison de la garder prisonnière ici. Je reculai et la regardai de nouveau attentivement maintenant que j'en savais plus sur elle. Sérieusement, je voulais la garder.

Mais étant donné ce que je venais de lui faire, elle démissionnerait probablement à la seconde où elle quitterait ma suite. Je pointais du doigt la robe chiffonnée et le soutien-gorge par terre.

— Habille-toi.

Avant de faire ou dire autre chose pour la traumatiser, je quittai la salle de bains, fermant la porte derrière moi.

CHAPITRE DEUX

Sondra

Eh bien ! C'était intéressant. Mes genoux vacillèrent quand je me levai. Qu'allait-il faire maintenant ? Étais-je libre de partir ? J'enfilai mes vêtements avec des mains tremblantes et tirai la fermeture éclair jusqu'en haut, même s'il avait déjà vu mes seins.

La culotte mouillée était dans la poubelle, alors je n'en portai pas.

Je décidai que le meilleur plan d'action était de garder la tête haute et de marcher tout droit vers la sortie. Parce qu'il n'y avait pas moyen que je reste pour terminer de nettoyer sa suite après ce qui venait de se passer. Je saisis la poignée et pris une inspiration. Advienne que pourra.

Il se tenait dans le couloir devant mon chariot, pendu à son portable, bloquant la sortie.

Bon sang.

Je repris de nouveau mon souffle devant son apparence mi-sexy, mi-effrayante : la manière délicieuse dont le costume onéreux le moulait, ses épais cheveux bruns qui bouclaient sur les bords, son regard ténébreux et pénétrant.

Il termina son appel et rangea son téléphone dans la poche de son costume.

— Ton histoire s'avère exacte, en tout cas pour l'instant. Je vais creuser davantage.

Ses yeux sombres étincelaient, mais la menace que j'y avais sentie avant avait disparu.

Je me redressai, ce qui attira son regard sur ma poitrine.

— Vous ne trouverez rien.

Les coins de sa bouche s'incurvèrent légèrement. Il me regardait comme un lion observe sa proie. Affamé. Sûr de lui. Il secoua la tête, presque avec regret.

— Une fille comme toi... ne devrait pas nettoyer des chambres, marmonna-t-il.

Je passai à côté de lui, me tenant à bonne distance.

— Ouais, vous avez déjà dit ça tout à l'heure.

Ce gars venait carrément de me *violenter*. Il m'avait déshabillée et regardée pisser sur son carrelage. Je devais dégager d'ici et ne jamais revenir. Il valait mieux oublier l'idée de travailler pour la mafia. J'avais une vie qui valait la peine d'être vécue… ailleurs. Quelque part loin de Las Vegas.

Je poussai le chariot, même si je n'avais pas fini de nettoyer sa salle de bains. *Dégage de là, Sondra.*

— Attends, aboya-t-il. Laisse le chariot. Tony va te ramener chez toi.

Un coup résonna à la porte et un gars énorme avec une oreillette entra. À en juger par le renflement sur ses côtes, il était aussi armé que Tacone.

Putain de putain de putain.

Je reculai, secouant la tête. *Oh pas question !* Je n'allais pas monter dans une voiture avec ce gars pour qu'il puisse me tirer une balle dans la tête et me balancer d'une jetée. D'accord, il n'y avait pas de jetée à Las Vegas. Le barrage Hoover, alors. Je n'étais pas aussi stupide.

— Détends-toi, dit Tacone, qui avait dû voir le sang disparaître de mon visage. Tu rentreras saine et sauve. Tu as ma parole. Attends juste une minute.

Il sortit de la salle de séjour et alla dans son bureau.

— Je… Je vais juste prendre un bus, lançai-je derrière lui et je me dirigeai vers la porte, espérant me faufiler à côté de Tony. C'est ce que je fais habituellement.

Tony, qui se tenait devant la porte, ne bougea pas.

— *Tu ne vas pas prendre un putain de bus.*

Tacone semblait si effrayant que je m'arrêtai net. Il revint en tenant une enveloppe, qu'il tendit à Tony avant de lui murmurer quelque chose que je n'entendis pas.

— Va avec Tony.

C'était un ordre, pas une option. Tony s'était tenu là, le visage impassible, tout du long. Maintenant, il levait le menton vers moi.

Je marchai vers la porte, tremblant comme une feuille. Tony l'ouvrit, me fit sortir et la referma. Je lançai un coup d'œil à l'homme baraqué à côté de moi. Tony posa une énorme patte sur ma nuque.

— Tout va bien.

Sérieusement ? Est-ce que ce gars se souciait de mon bien-être ?

Il me fit monter dans l'ascenseur.

— Vous êtes blessée ? Ou juste effrayée ?

Chaque partie de mon corps tremblait.

— Ça va.

Ma voix était maussade. Je me tins aussi loin de lui que possible, croisant les bras sur ma poitrine.

Tony fronça les sourcils vers moi. L'ascenseur descendait à toute allure.

— Le patron n'est pas lui-même. Il n'a pas… dit-il, son froncement de sourcils s'accentuant. Vous a-t-il forcée ?

D'accord, c'était plutôt mignon. Ce gars vérifiait vraiment que j'allais bien. Mais il travaillait pour Tacone, le chef de la famille criminelle, alors je n'étais pas sûre de la raison pour laquelle il posait la question.

— Que feriez-vous si je disais *oui ?*

Une fureur sombre apparut sur son visage. Il s'avança d'un pas vers moi.

— Est-ce que c'est ce qui s'est passé ?

Le danger teintait sa voix.

Je secouai la tête.

— Non. Pas comme vous le pensez, dis-je en détournant les yeux. Pas ça. Autre chose.

Je ne le regardais pas, mais je pouvais sentir son regard noir toujours posé sur moi.

— Qu'auriez-vous fait si j'avais dit oui ? demandai-je de nouveau.

Je suppose que c'est ma curiosité morbide pour tout ce qui concernant la mafia qui m'avait poussé à répéter la question.

Il plissa les lèvres et reprit sa position presque militaire. Ce qui signalait qu'il n'allait pas répondre.

Quand l'ascenseur s'ouvrit en tintant, je filai, slalomant entre les nuées de parieurs. D'une manière ou d'une autre, il resta juste derrière moi. La main massive tomba de nouveau sur ma nuque.

— Ralentissez. J'ai reçu l'ordre de vous ramener chez vous.

— Je n'ai pas besoin qu'on me raccompagne. Je vais prendre le bus… vraiment.

Il ne retira pas sa main, mais l'utilisa pour me diriger dans la foule, qui s'écartait à cause de son large corps et sa plus large présence.

— Je ne vais pas vous fumer, si c'est ce que vous pensez.

Je secouai la tête. Je n'arrivais pas à croire que nous avions une conversation où *fumer* quelqu'un était impliqué.

— C'est bon à savoir.

C'était tout ce que je semblais capable de dire.

Il m'emmena vers un autre ascenseur, privé, pour lequel il utilisa sa carte magnétique. Nous descendîmes au dernier sous-sol, qui semblait être la zone de parking réservé. Il me mena vers une limousine et m'ouvrit la portière arrière.

— Nous y allons là-dedans ?

Peut-être qu'il n'allait vraiment pas me tuer. Je regardais autour de moi les autres voitures. Des limousines, des Bentley, des Porsche, des Ferrari. Des rangées de voitures de luxe remplissaient le sous-sol. *Waouh.*

Tony sourit comme s'il pensait que j'étais adorable.

— Ouais. Montez.

— Vous êtes aussi autoritaire que votre patron, marmonnai-je, ce qui le fit sourire.

Je fis ce qu'on me disait. Je n'étais toujours pas sûre à cent pour cent que ce ne soit pas une condamnation de mort, mais je pouvais respirer plus régulièrement maintenant.

Il ne demanda pas mon adresse, mais il roula droit chez Corey et s'arrêta le long du trottoir devant la maison. Un frisson remonta le long de ma colonne vertébrale.

Tacone avait bel et bien vérifié mes infos. Était-ce un autre moyen de jouer les gros bras ? Me montrer qu'il savait où j'habitais et comment me trouver ?

Ou me déposait-il vraiment par courtoisie ?

J'ouvris la portière à la seconde où la voiture s'arrêta.

— Attendez.

La voix profonde de Tony n'avait pas le même effet que

celle de Tacone. Je ne me figeai pas. À la place, je courus vers la porte.

— J'ai dit : *Attendez* ! cria-t-il, et j'entendis sa portière claquer. M. Tacone voulait que je vous donne quelque chose.

Avec un peu de chance, ce ne serait pas une balle entre les deux yeux. Je tâtonnai pour trouver mes clés.

Non, je faisais l'idiote. Il m'avait ramenée à la maison. Ce gars n'allait pas me tuer. Je me retournai et le regardai trottiner dans l'allée. Il sortit de sa poche de veste l'enveloppe que Tacone lui avait donnée et me la tendit. Mon nom était griffonné sur l'avant en caractères minces et nets. Pour une raison quelconque, je fus surprise par la beauté de l'écriture de Tacone.

Je pris une inspiration tremblante.

— C'est tout ?

Les yeux de Tony se plissèrent d'amusement.

— Ouais, c'est tout.

Je déglutis.

— D'accord. Merci.

Il sourit d'un air suffisant et repartit sans un mot.

Mes mains tremblaient alors que je glissais la clé dans la serrure.

C'était terminé. Une mauvaise journée, rien de plus. Je n'aurais jamais besoin d'y retourner. Oui, ils savaient où j'habitais, mais ils m'avaient ramenée saine et sauve. Rien d'autre n'en ressortirait. J'avais eu mon avant-goût de la mafia, tout comme je le voulais. Demain, je commencerais à postuler pour un emploi normal. Qui n'impliquerait pas des personnalités louches et clandestines avec des mains énormes et chaudes et des yeux sombres et perçants. Un emploi sans flingues, ni le tintement des pièces dans les machines à sous.

Un emploi sans Tacone.

Sondra

Dean, le petit ami de Corey, était assis sur le canapé à regarder la télé.

— Hé, Sondra.

Il avait l'air un peu trop content de me voir.

Mon ventre se serra, me rendant d'autant plus consciente que je ne portais pas de culotte. Ce gars avait l'habitude de me lorgner, et j'avais peur qu'il comprenne d'une manière ou d'une autre qu'il n'y avait rien sous ma robe très courte.

— Hé, marmonnai-je.

Il me lança un coup d'œil de haut en bas, s'attardant bien trop longtemps sur mes seins.

— Quoi de neuf ?

Il n'y avait pas moyen que je lui parle de ma folle journée. À Corey, oui, mais pas à lui. Malheureusement, je n'avais pas ma propre chambre – je squattais leur canapé –, alors je n'avais nulle part où me cacher. Gagner assez pour payer l'acompte pour mon propre logement était ma priorité absolue, avant même d'avoir une voiture qui roule.

J'allai vers ma valise, qui était dans un coin, et attrapai des vêtements pour me changer avant de m'enfermer dans la salle de bains. Ce ne fut qu'à ce moment-là que je me rendis compte que je serrais encore l'enveloppe de M. Tacone. Je passai le pouce sous le rabat et la déchirai. Six billets neufs de cent dollars en glissèrent avec une feuille de papier.

Je repris mon souffle. Pour quelqu'un qui était essentiellement fauché, n'ayant rien mangé d'autre que des nouilles ramen pendant ses études de premier et second cycles, c'était beaucoup d'argent. J'avais eu des bourses et des postes d'assistante à l'université, mais ça me plaçait quand même sous le seuil de pauvreté. Professeur adjoint ne payait pas exactement les factures non plus.

Le mot était tracé de la même écriture soignée que sur l'enveloppe.

Sondra,

Désolé de t'avoir effrayée. L'argent ne répare pas tout, mais parfois ça aide. J'espère que tu reviendras travailler demain.

Nico.

Mon cœur s'emballa. *Nico.* Il avait signé son prénom ? Et il s'était excusé. Pas en personne, mais tout de même, c'était des excuses.

J'espère que tu reviendras travailler demain.

L'image de son visage se rapprochant à quelques centimètres du mien alors qu'il empoignait la serviette qui me maintenait contre lui me traversa l'esprit. Mes genoux fléchirent. Il *voulait* que je revienne ?

Il avait bien deviné que j'avais l'intention de démissionner et de ne jamais remettre les pieds là-bas. Je m'éventai avec les six billets de cent dollars. Certaines personnes auraient choisi la grandeur morale, dit qu'elles ne le laisseraient pas acheter leur silence ou leur docilité, ou je ne sais quoi. Mais pas moi. Il avait raison. L'argent faisait beaucoup pour arranger les choses.

Tout de même, ce connard avait braqué une arme sur ma tête. Et m'avait déshabillée. Et j'avais *fait pipi.* C'était le moment le plus humiliant de toute ma vie.

Mais la sensation intrusive s'effaça alors que je me souvenais de la manière dont il m'avait aussi poussée dans la douche, essuyée et murmuré : *ça va aller.*

Je regardais fixement l'argent. Six cents dollars qui me rapprochaient de mon objectif de quitter le canapé de ma cousine pour mon propre logement. Six cents dollars qui me rapprochaient de mon objectif de racheter une voiture. Je pouvais acheter des courses et rembourser à ma cousine ce qu'elle m'avait déjà prêté.

Peut-être que ça ne me tuerait pas d'aller travailler le lendemain. Oui, ça avait été complètement humiliant, mais je ne le reverrais probablement jamais. Ça m'épargnerait le souci de trouver un nouveau travail provisoire pendant que je remettais ma vie en ordre.

J'expirai lentement, essayant d'effacer l'image de Tacone écartant mes cheveux de mon visage, de son regard pénétrant. Je n'aurais pas à le revoir. Et c'était une bonne chose. Une très bonne chose.

Nico

Sondra Simonson. C'était son vrai nom. J'avais demandé au service de sécurité de sortir tout ce qu'ils pouvaient trouver sur elle et de m'apporter le dossier. Ainsi que la vidéo de notre interaction.

Il s'avéra que Samuel, le responsable de l'entretien, avait déjà viré Marissa, la cheffe de Sondra, pour l'avoir laissée dans ma suite, mais je l'appelai pour lui dire que ce n'était pas grave.

Et pour demander que Sondra remplace la femme de chambre habituelle de la suite penthouse.

Parce que si elle ne démissionnait pas, je la voudrais absolument de nouveau dans ma chambre.

Nue.

De préférence nue et consentante cette fois, mais je serais un sale menteur si je disais que je ne l'aimais pas un peu effrayée. Il y avait quelque chose de si attirant dans la manière dont elle avait tremblé et été excitée en même temps quand je l'avais déshabillée !

Ou l'avais-je imaginé ?

Je le découvrirais bien assez tôt. Où était cette fichue vidéo ? J'étais comme un junkie qui attendait sa prochaine injection. J'avais hâte de voir la vidéo. J'allais me branler toute la nuit en regardant ses lèvres pulpeuses et ses grands yeux bleus décorant mon écran.

On frappa à la porte.

— C'est Tony.

La voix profonde de mon bras droit résonna à travers la porte.

— Ouais ?

— Je l'ai déposée.

Il entra et me lança un regard prudent. Je savais qu'il n'était pas entré juste pour me dire ça. Il était venu pour découvrir ce qui s'était passé. Pourquoi j'avais renvoyé la femme de chambre chez elle mouillée et effrayée.

Il s'inquiétait pour moi. Mon état mental commençait à s'effondrer avec mon incapacité à dormir. Il était trop malin pour me demander directement ce qui s'était passé. Il savait que je lui dirais de s'occuper de son cul. Mais il avait fait carrière en se tenant près de moi silencieusement, me servant de garde du corps, se rendant disponible quand j'avais envie de me confier.

Il n'était pas de la famille. Il n'était même pas italien. Il était simplement un grand gars loyal de Cicero qui avait décidé que j'étais le mec qu'il allait suivre dans les entrailles de l'enfer. Je suppose qu'on pourrait dire qu'il était ce qui se rapprochait le plus d'un ami.

Si un Tacone avait vraiment eu un jour un ami.

— Elle est nouvelle. Je pensais qu'elle avait l'air suspecte, alors je lui ai fait une fouille à nu.

Un muscle dans la mâchoire de Tony se serra, mais il ne dit rien. Tony était un défenseur absolu des femmes. Sa mère avait été sérieusement maltraitée par son père et il était encore prêt à régler ses comptes à n'importe quel type qui malmenait une femme. Probablement, si on en arrivait là, même moi.

Mais je n'avais généralement pas pour habitude de maltraiter les femmes.

Celle-ci était un cas particulier.

Je plissai les lèvres et haussai les épaules.

— Il se pourrait aussi que j'aie pointé un flingue sur sa tête pendant que je la questionnais.

Je le lui dis au cas où il y aurait du grabuge que nous devrions nettoyer à cause des retombées. Avec un peu de chance, Sondra ne ferait pas d'histoires. Je ne pensais pas qu'elle en ferait.

Et pour une raison quelconque, ça me tapait sur les nerfs.

J'ai très mauvais goût en matière d'hommes.

Une nana futée, instruite, chaude comme la braise comme ça ne devrait pas se promener avec ce désastreux défaut qui la mettait en danger. Surtout pas à Las Vegas.

Sauf que c'était probablement ce mauvais goût qui l'avait rendue flexible et docile dans mes bras aussi. Ces incroyables tétons durcis, ce sexe humide pour moi. Et je ne l'avais même pas draguée. Je l'avais malmenée comme un taré dérangé.

Putain.

Tony enfonça les mains dans ses poches.

— Seigneur, Nico ! Le manque de sommeil te rend parano.

— Je sais.

Je passai une main dans mes cheveux.

— Tu devrais prendre quelque chose. T'as essayé les médocs ?

J'avais toute une collection de médicaments censés m'aider à dormir, mais soit ils ne fonctionnaient pas, soit je n'aimais pas la sensation ensuite. Pas que j'aimais le délire dans lequel j'étais maintenant.

— Non. Je pense que je vais pouvoir dormir ce soir.

— C'est ce que tu avais dit hier soir.

Je regardai dehors par les baies vitrées qui composaient ma suite penthouse.

— Alors tu l'as ramenée chez elle ? Allait-elle bien ?

— Elle était nerveuse. Tu l'as achetée ?

Le mot *achetée* me fit grincer des dents, même si c'était exactement ce que j'avais fait. Tout de même, cela semblait si sordide quand c'était associé à elle ! C'était la raison pour laquelle je ne voulais pas la voir croupière chez moi. Elle ne devait pas être souillée par toute la merde qui se passait dans cet hôtel casino.

Elle ne devait pas être souillée par moi non plus.

Dommage que je veuille la salir par tous les moyens possibles.

Si j'avais été un homme meilleur, je me serais assuré que nos chemins ne se croiseraient plus jamais. Mais je ne l'étais pas. Je n'étais pas un homme bien. J'allais la remettre droit dans la fosse aux lions.

Je devais attendre demain pour voir si elle était aussi futée qu'elle en avait l'air en jurant de ne jamais remettre les pieds dans cet endroit.

~

Sondra

Je pris une douche et sortis de la salle de bains, pas du tout étonnée de trouver Dean rôdant juste devant, ostensiblement, dans la cuisine. Je n'avais pas trouvé comment dire à Corey que je pensais que son petit ami était un connard lubrique, bon à rien et infidèle. Je n'avais aucune preuve, juste la manière dont il me regardait, et son intérêt trop marqué pour me parler et traîner avec moi quand nous étions seuls.

Étant donné que j'étais un aimant à petits amis infidèles, je connaissais la sensation.

J'avais généralement pour habitude de ne pas être dans le coin quand Dean était à la maison sans Corey, mais le gars de Tacone m'avait ramenée trop rapidement. J'essayai de m'en accommoder.

— Hé, Dean. Tu veux bien me conduire au supermarché ? J'ai été payée aujourd'hui.

Pour avoir subi une fouille à nu.

Cette fois, quand le souvenir des grandes mains chaudes de M. Tacone – Nico – passant sur mon corps me revint, la peur avait disparu. Un bref fantasme me traversa l'esprit : lui me retirant ma culotte pour une raison différente…

Tu sais combien un gars comme moi dépenserait pour une nuit avec une fille comme toi ?

Cinq mille dollars !

Arrête de penser à lui !

Je devais oublier que Nico Tacone était exactement le genre d'homme qui me faisait frétiller les orteils. Sombre. Dangereux. Imprévisible. Le mauvais garçon ultime.

Oui, je risquais de retomber du côté obscur. Sérieusement.

Je devais rester forte.

Le petit ami de Corey soupira et roula des yeux – apparemment c'était un gros désagrément de m'emmener jusqu'au magasin. Il continuait à faire des allusions à tout ce que je leur devais depuis le jour où j'étais arrivée.

— Ouais, d'accord, je vais t'emmener.

Il était probablement tout simplement déçu que nous ne restions pas seuls ensemble à la maison.

Peu m'importait la réaction de Nullos sur le fait que je squattais chez eux. Corey et moi étions pratiquement sœurs. Nous avions grandi dans une petite ville du Michigan, des cousines vivant l'une en face de l'autre. Son père était dans les forces de l'ordre et c'était un connard violent avant qu'il n'abandonne sa mère, alors Corey avait passé l'essentiel de son temps chez moi.

Mais aucun gars ne s'était jamais mis entre nous avant, et Dean semblait le genre de mec à créer toutes sortes de drames. Je devais partir d'ici avant que les choses ne deviennent encore plus gênantes. Encore une autre raison d'aller travailler demain.

CHAPITRE TROIS

Sondra

— Que diable s'est-il passé hier ? demanda Marissa, ma cheffe, à la minute où j'arrivai dans le local d'entretien.

J'essayai de garder un visage impassible, ne sachant pas ce qu'elle savait. Mais je ne voulais certainement pas que tout le personnel entende que j'avais été déshabillée jusqu'à la culotte dans la salle de bains de M. Tacone. Ni qu'il m'avait payée six cents dollars en liquide pour ça. Ni que deux douzaines de roses pêche étaient arrivées pour moi chez Corey hier soir.

On ne m'avait jamais offert deux douzaines de roses de ma vie. J'en avais donné la moitié à Corey, qui m'avait traînée dans sa salle de bains pour que je lui raconte ce qui s'était passé en privé. Corey avait trouvé l'histoire dingue et déclaré que Tacone avait un faible pour moi.

Je levai les yeux vers ceux de ma superviseuse.

— Que s'est-il passé avec votre fils ?

Je tentai de changer de conversation.

Elle ne voulut rien savoir. Elle agita la main avec impatience.

— Une commotion. Il est tombé à la renverse sur du ciment dans la cour. Que vous est-il arrivé ?

Mon visage s'empourpra. J'ouvris la bouche, mais je ne savais pas vraiment comment lui répondre.

— Qu'avez-vous entendu ?

L'irritation apparut sur son visage.

— Eh bien, d'abord Samuel a appelé pour me dire que j'étais virée pour vous avoir permis d'aller là-haut. Puis il a rappelé pour me dire qu'en fait non, qu'il avait eu des nouvelles de Nico Tacone en personne et que tout allait bien. Tellement bien, en fait, que Tacone a demandé que ce soit maintenant vous qui fassiez le ménage dans le penthouse. *Ce qui est payé le double de ce que vous gagnez actuellement*, dit-elle en croisant les bras sur sa poitrine. Alors que s'est-il passé ?

Attendez… quoi ? Mon cœur s'emballa sans attendre ma réaction. *Il veut que ce soit moi qui fasse son ménage ?* Ça voudrait dire le revoir… face à face. L'homme qui m'avait humiliée et avait reluqué mon corps nu. Qui m'avait vue pleurer. Et mouillée. Non. Je ne pouvais pas.

Mais le double de la paie… ça me sortirait certainement de chez Corey plus vite. De Las Vegas, si c'était ce que je décidais.

Marissa se tenait là, les sourcils levés, attendant une explication. J'optai pour une vérité partielle.

— Pendant que je nettoyais la chambre de Nico Tacone, il est revenu et a flippé parce qu'il ne me connaissait pas. Je dis bien *flippé*. Il a braqué un flingue sur ma tête.

Marissa plaqua une main sur sa bouche, écarquillant les yeux.

— J'ai sérieusement cru que j'allais mourir.

La compassion apparut sur ses traits.

— Oh mon Dieu, Sondra, je suis vraiment désolée ! Je n'aurais jamais dû vous laisser là-bas seule.

Je haussai les épaules.

— Ça s'est bien terminé. Une fois mon histoire vérifiée, je pense qu'il s'est senti mal de m'avoir fait chier dans mon froc.

Ou pisser, dans mon cas.

— Il m'a renvoyée chez moi dans une limousine avec son chauffeur.

Marissa laissa échapper un éclat de rire surpris.

— Pas. *Possible.*

Je hochai la tête.

— Véridique.

— Eh bien, ça ne fait probablement pas de mal que vous soyez jeune et belle. Je suis sûre que si ça avait été moi, j'aurais été virée sur place.

— Vous êtes jeune et belle.

Elle sourit.

— La flatterie vous mènera loin.

J'essayais de ne pas laisser ses paroles nourrir le frisson stupide bourdonnant déjà sous mes pensées les plus sensées. Nico était-il attiré par moi ? Je ne devrais pas l'espérer. Mon bon sens reprendrait sûrement bientôt le dessus. Sauf que je n'avais pas dormi la veille. J'avais mis mes doigts entre mes jambes, fantasmant sur ce que ça aurait été si Nico Tacone m'avait retournée face au lavabo de sa salle de bains et avait plongé son membre autoritaire en moi jusqu'à ce que je hurle.

Soudain, les sourcils de Marissa se froncèrent.

— Vous sentez-vous en sécurité ? demanda-t-elle. Parce que je ne vais pas envoyer une jeune femme vulnérable là-dedans se faire agresser. Était-ce l'impression que vous avez eue de lui ?

L'était-ce ? Non. Pas vraiment. En dehors du fait qu'il m'avait presque embrassée. Et m'avait envoyé des roses. Mais *agresser* était un mot fort. Je ne me sentais pas vulnérable *à ce point.* Oui, il me terrifiait, mais il me fascinait également. Il avait en fait pris soin de moi d'une manière bizarre : me poussant dans cette douche pour me nettoyer et me sécher. Et me retirant ma culotte trempée.

Mais me sentais-je en sécurité ?

Non.

Était-ce que ça faisait partie de l'attrait ? Corey dirait que oui. Parce que je possédais un gène anormal amateur de sensations fortes quand il s'agissait des hommes.

— Ouais, ça va. Je ne ressens rien de flippant chez lui, marmonnai-je, empilant du matériel sur mon chariot.

— Êtes-vous sûre ? Parce que si vous êtes encore trop secouée, je n'ai pas peur de le leur dire. C'est un cauchemar pour les ressources humaines qui les attend, avec vous.

D'une certaine façon, je doutais que la famille Tacone en ait grand-chose à cirer, des problèmes des ressources humaines. Ils avaient probablement leur manière bien à eux de régler les problèmes, qui n'impliquait ni procès ni pots-de-vin. À moins que vous ne comptiez le pot-de-vin que Nico m'avait donné hier, six cents dollars tout neufs.

— Ouais, j'en suis sûre. Ça ira.

— D'accord, voici votre nouvelle carte magnétique. Vous vous occupez des trois suites au dernier étage et de rien d'autre, d'après M. Tacone.

— Mais ça ne me prendra pas toute la journée. Que ferai-je quand j'aurai terminé ?

— Vous pourrez rentrer.

Oh… alors je n'avais pas vraiment d'augmentation. Enfin, je ferais moins d'heures pour le même prix, alors c'était une amélioration. Mais ça ne me sortirait pas plus tôt de la maison de Corey. Tout de même, je ne me plaignais pas. Cela me donnerait du temps pour postuler à des emplois d'enseignante.

La nouvelle carte magnétique que Marissa m'avait donnée à la main, je conduisis mon chariot dans l'ascenseur. Au dernier étage, je nettoyai d'abord les deux autres suites. Elles avaient chacune deux chambres. Je me demandai à qui elles appartenaient… aux frères de Nico ? À ses cousins ? J'aurais aimé en savoir plus sur l'opération ici. Quand j'avais postulé au Bellissimo et que Corey m'avait dit que c'était dirigé par la mafia, j'avais fait une recherche sur Google, mais rien n'en était ressorti. Zéro. Pas que j'en étais surprise. Si Nico Tacone présumait qu'une nouvelle femme de chambre planquait des micros chez lui, alors soit il était parano, soit il avait de sérieux secrets à cacher. La deuxième pensée m'envoya un frisson tout le long de la colonne vertébrale.

La curiosité est un vilain défaut, Sondra. Ouais. Dommage que l'attirance que j'éprouvais pour le mauvais genre d'homme ne diminue jamais.

Après avoir terminé les deux autres suites, je frappai à la porte de Nico. Je devais l'admettre, mon cœur battait plus vite alors que je me tenais là à attendre une réponse. J'étais à la fois ravie et tremblante à l'idée de le revoir.

J'utilisai la carte magnétique et entrai. J'entendis sa voix d'abord, puis l'aperçus faisant les cent pas sur son balcon, parlant – criant, en fait – dans son téléphone. Il leva la tête brusquement et ses yeux se rivèrent sur moi avec la même sombre intensité qu'ils avaient affichée la veille. Il ajouta quelque chose au téléphone puis le remit dans sa poche, son regard ne me quittant pas une seconde.

Je poussai le chariot vers le centre de la pièce, espérant cacher à quel point il me troublait.

Il fit coulisser la porte vitrée du balcon et s'approcha d'un pas raide.

— Tu es revenue.

Semblait-il ravi, ou l'imaginais-je ?

— Ouais, marmonnai-je avant de sortir ostensiblement du matériel du chariot.

— Je n'étais pas sûr que tu le ferais.

Je me retournai et poussai un cri perçant en le trouvant juste devant moi, la chaleur de son corps irradiant le mien.

Oh Seigneur, il était toujours magnifique ! Des yeux brun chocolat avec de longs cils sombres recourbés, le genre qu'une femme tuerait pour avoir. Une peau mate. Sa mâchoire carrée affichait un début de barbe. Les poches sous ses yeux étaient encore là, mais pas tout à fait aussi prononcées aujourd'hui. Sa chemise bleu pervenche bâillait au col, révélant une fine couche de poils bruns bouclés.

Je passai la langue sur mes lèvres pour les humidifier et ses yeux suivirent le mouvement.

— Allez-vous encore me fouiller à nu ?

Ses lèvres s'incurvèrent aux coins et soudain, je me retrouvai contre le chariot. Il ne me touchait pas tout à fait, mais il ne faudrait pas grand-chose pour que nos corps se retrouvent pressés l'un contre l'autre.

— Veux-tu que je le fasse ?

Oui.

— Non, merci, ça va.

Je déglutis, la chaleur s'amassant entre mes jambes, mon épicentre frissonnant. Ses lèvres n'étaient qu'à quelques centimètres. Je pouvais sentir son haleine : mentholée et fraîche.

— Avez-vous dormi hier ?

Il arqua un sourcil, oui, juste un. C'était sexy comme une star de cinéma.

— T'inquiéterais-tu de mon bien-être, *bambina* ? Après ce que je t'ai fait hier ?

Mon visage s'échauffa à ce rappel et je haussai les épaules.

— Tu es aussi douce que tu en as l'air, n'est-ce pas ?

Son visage s'assombrit et il recula d'un pas.

— Tu n'aurais pas dû revenir, continua-t-il en secouant la tête. J'étais sûr que tu démissionnerais.

Soudain, je suffoquai sous le poids de sa déception, qui reflétait la mienne. Quand deviendrais-je plus maligne ? Les barmen qui aiment prendre de l'ecstasy et les propriétaires mafieux de casino n'étaient pas fréquentables.

Comme s'il avait senti mon changement d'humeur, il tendit la main et me toucha l'épaule. C'était un contact léger... respectueux. Rien de sexy ni de dominateur là-dedans.

— Je suis désolé pour hier, Sondra.

La manière dont il prononça mon prénom fit frétiller mon cœur. Je ne m'attendais pas à ce qu'il semble aussi... *normal* sur ses lèvres.

— Je suis content que tu sois revenue... même si je souhaitais vraiment, pour ton bien, que tu ne le fasses pas.

Je levai le menton.

— Alors quoi ? Vous me voulez ici ou pas ?

Soudain, je me retrouvai piégée contre le chariot, enfermée par les deux bandes d'acier de ses bras. Tacone se plaqua tout contre moi, pressant les lignes de son corps dures et musclées contre mes courbes. Sa verge saillait contre mon ventre.

— Je me suis branlé trois fois en regardant notre vidéo hier soir, *bambina.*

Sa voix sortit comme un grondement rauque qui pénétra tout mon corps.

Mon sexe se serra, des frissons de stupeur se propageant à travers moi.

Quelle vidéo ? Oh Seigneur, est-ce que les caméras de surveillance avaient enregistré toute la scène ? Qui d'autre l'avait vue ?

— J'étais sûr que tu étais une taupe hier parce qu'il y a quelque chose de spécial chez toi. Quelque chose qui m'agrippe juste là, dit-il en montrant du doigt son plexus solaire. Alors ouais, je voulais te revoir. Je voulais entendre ta voix. M'assurer que tu allais bien.

Il posa une de ses mains sur ma hanche.

Je me mordis la lèvre inférieure. Je tremblais presque autant qu'hier, seulement cette fois, il n'y avait pas de peur. Seulement de l'excitation.

Du désir.

Sa paume fit le tour de ma hanche pour empoigner mes fesses. Je posai les mains sur son torse, prête à le repousser, mais je n'allai pas jusqu'au bout. La touche d'indignation qui me traversait fut noyée par sa voix veloutée.

Il inclina la tête, m'étudiant.

— Magnifique visage. Nichons parfaits, petit corps sexy. J'ai déjà vu ça. Mais la manière dont ce joli sexe a mouillé même si je t'ai fichu la trouille… La manière dont tu as tout révélé, comme si tu n'avais vraiment rien à cacher…

Oh mon Dieu !

Mon *joli sexe* mouillait sans aucun doute, se tendant et se relâchant alors que son souffle chaud caressait ma joue.

— M'as-tu pardonné ?

Sa voix n'était plus qu'un murmure intime.

Une autre contraction de mes parties intimes m'informa que j'étais déjà perdue.

J'avais envie de dire non à cause de l'humiliation que

j'avais endurée, mais, encore une fois, mon corps me trahissait : je me penchai vers lui, haletante, affamée.

— Pas encore.

C'était ce qui se rapprochait le plus d'une négation.

Il caressa ma joue avec le dos de ses doigts. J'eus l'impression qu'il testait pour voir si j'allais résister.

Je ne le fis pas.

Encore un point pour le méchant garçon.

— Exactement ça, chuchota-t-il en me fixant des yeux. C'est cette expression.

Quelle expression ?

Un coin de sa bouche se releva et il prit l'arrière de ma tête en coupe, attirant mon visage vers le sien.

— Je ne suis pas désolé.

J'écarquillai les yeux et j'essayai de reculer, mais il me tenait fermement, et il continua comme si je n'avais pas réagi.

— Je n'aurais pas voulu rater cette rencontre pour tout l'or du monde.

Ses lèvres s'approchèrent des miennes, fermes et exigeantes.

Une vague de désir me traversa. Je fondis contre lui, entrouvrant les lèvres, permettant à sa langue de s'insinuer dans ma bouche. La chaleur explosa dans chaque cellule de mon corps.

Il recula, ses narines se dilatant.

— Aussi sucrée que je l'avais imaginé, dit-il en s'humidifiant les lèvres, comme pour me goûter. *Ça*, je l'ai regretté. De ne pas t'avoir goûtée.

Je m'humidifiai les lèvres aussi.

— Je n'ai pas dit que vous pouviez m'embrasser.

Le ton voilé de ma voix trahissait ma réaction.

Il eut un rire âpre.

— Non, c'est vrai. J'ai volé ce baiser, acquiesça-t-il, ses

traits se durcissant. C'est pour ça que tu n'aurais pas dû revenir. Tu restes ici, *piccolina,* et je te le ferai regretter. Nous le regretterons probablement tous les deux.

Il recula d'un pas et m'examina.

— Ou peut-être pas. Il se pourrait que je prenne ce dont j'ai envie sans regret.

Mon pouls s'emballa. Ma culotte était humide d'excitation, mes mamelons étaient irrités contre mon soutien-gorge. J'étais à un tiers effrayée, aux deux tiers excitée. Et bon sang, son avertissement me donnait envie de m'offrir à lui sur un plateau d'argent.

Il réajusta sa veste et alla vers la porte.

— Alors je vais m'en aller, *amore.* Tu fais ce que tu as à faire ici.

Il s'arrêta à la porte et se retourna vers moi.

— Et tu ferais bien de réfléchir à ce que tu voudras me dire la prochaine fois. Décide-toi. Oui ou non. Et je me déciderai. Mais je te préviens, *bambi…* si tu mêles ne serait-ce qu'un peu de oui à ton non, je m'occuperai de ton cas, dit-il en pointant un doigt d'avertissement vers moi. Sois-en sûre.

Quand il s'en alla, je dus m'appuyer contre le chariot pour empêcher mes jambes de lâcher.

Que. Diable. Venait-il de se passer ?

Je voulais appeler Corey et lui faire un rapport, parce que l'histoire d'aujourd'hui s'avérait presque aussi excitante que celle d'hier, mais je n'osai pas. Tacone avait des caméras partout, et il m'avait déjà avoué s'être masturbé devant la vidéo la veille. Je ne serais pas surprise s'il examinait celle d'aujourd'hui aussi. Et je devais vraiment me remettre les idées en place avant de rouvrir la bouche quand il serait dans les parages.

Parce qu'il venait de me donner un ultimatum. *Me décider.* Je ne connaissais pas les implications complètes de cette décision ni même ce qu'elle entraînerait, mais je savais une chose…

Il y avait bien trop de oui en moi pour dire non.

Nico

Je descendis à l'étage principal.

Il y avait environ cent raisons pour lesquelles je ne devais pas déconner avec la petite femme de chambre sexy historienne de l'art, mais aucune ne rendait facile pour moi de devoir sortir quand elle était encore dans ma suite.

J'allais devoir m'assurer de ne pas être là quand elle ferait le ménage. Bon sang, si j'avais la moindre décence, j'appellerais son chef et la ferais transférer aux étages principaux immédiatement. J'attendis quelques instants pour voir si mon sens moral prenait suffisamment le dessus pour aller jusqu'au bout de cette pensée.

Malheureusement, ce ne fut pas le cas.

Sondra, Sondra, Sondra. Je devrais espérer que son bon sens ferait effet.

C'était drôle, la seule autre fois où j'avais été aussi à fond sur une fille, c'était quand j'avais douze ans et que j'étais devenu obsédé par la petite amie de mon frère, Trinidad Winters. Mais c'était juste mon désir pubère qui était passé à la vitesse supérieure. Trini était toujours dans le coin, présente dans la voiture quand Gio venait me chercher, regardant des films sur notre canapé en minijupe qui remontait sur ses longues jambes.

Sondra n'avait rien de commun avec Trini. Elle n'avait rien de commun avec Jenna, la princesse de la Mafia que j'étais censé épouser. Je ne sortais avec personne, mais elle n'avait absolument rien de commun avec aucune des filles que je baisais… payées ou volontaires.

J'en voulais plus. J'adorais la manière dont elle avait retenu son souffle et vibré tout à l'heure. Il n'aurait pas fallu grand-chose pour que j'écarte ses genoux et que je lui montre jusqu'où pouvait aller son mauvais goût en matière d'hommes.

Oh, je la ferais hurler. Donner du plaisir à Sondra serait facile, elle avait l'air prête à partir comme un feu d'artifice. Bon sang, je la maintiendrais éveillée toute la nuit à gémir mon nom et le sommeil ne me manquerait même pas.

Je fis le tour des tables, cherchant la cousine de Sondra, Corey. Juste pour la voir. Pas parce que j'étais totalement obsédé par cette fille et que j'avais besoin de tout savoir sur elle. Faire des recherches sur tout son passé était nécessaire. Je devais être totalement sûr qu'elle n'avait pas d'arrière-pensées.

Les Tacone avaient beaucoup d'ennemis. Bon sang, j'avais probablement des ennemis dans ma propre famille. Je dirigeais ma branche du business à Las Vegas de manière réglo, mais il y avait un long passé de violence et de crimes remontant au moins sur trois générations dans les bas-fonds de Chicago. Puis il y avait les ennemis du monde des affaires légitimes. N'importe qui pourrait envoyer une femme fatale pour se rapprocher de moi, découvrir mes secrets et me faire tomber.

Et Sondra Simonson était exactement le genre de fille qu'ils enverraient.

Non, c'était des conneries.

Elle ne l'était pas. Elle n'était en rien comme une professionnelle. Mais si mes ennemis étaient vraiment malins, s'ils pouvaient d'une manière ou d'une autre savoir ce qui me prenait par surprise, ils enverraient Sondra Simonson pour me faire tomber.

Parce que c'était certain.

Je n'allais pas pouvoir m'empêcher de lui courir après.

Je trouvai Corey qui travaillait à une table de black jack. Je vis la ressemblance. Elle était aussi charmante que Sondra, mais absolument pas mon genre. Grande, rousse. Toute en jambes. Elle avait l'air d'être sophistiquée et vive d'esprit. Elle distribuait rapidement et proprement les cartes. Elle semblait être un bon atout pour mon casino.

Elle était concentrée sur ses clients et pourtant son regard faisait le tour de la pièce, assimilant tout. Y compris moi. La fois suivante, quand elle leva les yeux, elle ignora la salle et regarda droit vers moi. J'allai d'un pas nonchalant vers sa table.

Rien n'apparut sur son visage, mais je savais qu'elle était consciente de qui j'étais. Qu'elle se demandait ce que je faisais à sa table. Ma présence dut rendre les clients nerveux, parce qu'après quelques mains la table se vida.

— Monsieur Tacone, murmura-t-elle sans tout à fait croiser mon regard.

Elle me montrait le respect nécessaire. Elle s'y prenait très bien.

J'enfonçai les mains dans mes poches. Je n'étais même pas sûr de ce que je voulais d'elle. D'autres informations sur Sondra, supposai-je.

Comme je ne disais rien, elle avança :

— Vous avez effrayé ma cousine, hier.

Je hochai la tête.

— Ouais.

Elle plissa les yeux vers moi.

— Vous n'êtes pas encore inquiet à son sujet, n'est-ce pas ?

— Non, répondis-je en passant une main sur mon visage. Sur une échelle d'un à dix… à quel point était-elle traumatisée ?

Corey garda un visage parfaitement neutre. Rien n'apparaissait… pas de surprise, pas de colère. Rien.

— Huit. Mais les fleurs et l'argent ont aidé, répondit Corey avant de donner le coup de grâce. Un boulot de croupière l'aiderait encore plus.

Je secouai la tête.

— Ça n'arrivera pas.

Elle baissa les yeux sur ses cartes sans faire de commentaire, les écartant sur la table et les retournant d'avant en arrière en une vague parfaite, exhibant son coup de main. Après un petit moment, elle dit :

— Si vous n'étiez pas mon patron, je vous dirais de rester loin d'elle.

Elle avait du cran, et ça me plaisait.

Je sortis un jeton de cinquante dollars de ma poche et le laissai tomber sur la table comme pourboire.

— Je ne peux pas.

CHAPITRE QUATRE

Sondra

Corey et moi allâmes au travail ensemble la semaine suivante. J'adorai quand nous travaillions pendant le même service, mais elle détestait ça, parce que ça signifiait qu'elle travaillait la journée, et elle gagnait plus d'argent la nuit.

C'était la première occasion que j'avais eue de la tenir au courant des nouveautés avec Tacone, qui étaient inexistantes.

— Alors tu ne l'as pas vu depuis le jour où il t'a embrassée ?

— Non. Le jour suivant j'y suis allée et il y avait un billet de cinquante sur la table. Je l'ai laissé. Le jour suivant, il a laissé un billet de cent dollars avec mon nom dessus.

— Tu l'as pris, bien sûr.

Je ne voulais pas. J'avais peur que ça signifie quelque chose. Genre, si j'acceptais son argent, je lui devrais quelque chose plus tard. Sauf que j'avais bien besoin de son argent. J'avais besoin d'au moins deux mille dollars pour une caution et le loyer du premier mois. Et encore de trois mille pour acheter une voiture qui roulait.

— Ouais. Puis il en a laissé un autre deux jours plus tard, dis-je en le sortant de mon sac à main pour le lui tendre. Tiens.

Elle repoussa ma main.

— C'est pour quoi faire ?

— Pour ma part du loyer.

Elle roula des yeux.

— Garde-le. Comme ça, tu pourras déménager plus vite.

Elle me lança un sourire taquin.

— Tu en as marre de m'avoir ?

— Non, j'adore ça, en fait. Mais je pense que Dean en a marre de partager le salon. Il aime regarder des films le soir, tu sais.

Ouais, j'avais remarqué. Dean n'avait pas exactement mis fin à cette habitude, même si le canapé était mon lit. Il restait debout à regarder la télé jusqu'à une heure du matin presque toutes les nuits.

— Et chaque fois que nous couchons ensemble, je suis gênée parce que les murs sont fins comme du papier. Tu nous entends ?

Je fis la grimace.

— Ouais, ça arrive.

Ils couchaient ensemble au moins une fois par jour, parfois plus. J'aurais juré que Dean avait une dépendance au sexe. Pas qu'une fois par jour soit grave, mais je ne voyais pas pourquoi il me regardait quand il le faisait plein de fois avec Corey.

— Je pense qu'il veut un plan à trois.

— Beurk. Corey !

Elle se mit à rire.

— Je lui ai dit *pas moyen*. Je ne partage pas. Jamais. Pas même avec ma cousine préférée, même si elle est comme une sœur.

Dieu merci.

Que diable aurais-je dit si elle avait été partante ?

Mais ouais, dégoûtant. Apparemment, mon instinct avait raison au sujet de Dean.

— Donc revenons à Nico Tacone. Que va-t-il se passer quand tu le reverras ?

Euh… comment le savoir ?

— Je veux dire, tu dois te décider. Je pense que ce mec a flashé sur toi. Et son instinct est de t'exploiter, comme il exploite probablement toutes les femmes, mais quelque chose l'a retenu.

— Il pense que je suis *innocente* ou je ne sais quoi.

Je prononçai *innocente* comme si c'était un gros mot.

Corey me fit un large sourire. Elle était plus maligne que ça.

— Il y a quelque chose chez toi qui donne cette impression. Avant, je te détestais pour ça.

J'en restai bouche bée.

— Quoi ?

Elle haussa les épaules.

— Quand nous étions gamines. Je veux dire, mon père était tellement con et je ne me fiais à personne, mais tu étais si pure ! Avec toi, ce qu'on voit, c'est ce qu'on a. C'est pour ça que tu fais confiance aux losers. Mais c'est une qualité plutôt incroyable.

Je roulai des yeux.

— Génial. Une qualité incroyable qui faisait que tu me détestais quand on était gamines et qui fait que je sors avec des losers. Bien du genre que je devrais conserver.

Ses yeux glissèrent vers moi.

— Non, vraiment. J'espère que tu ne la perdras jamais.

Elle avait l'air si sérieuse que je me tus.

— En tout cas, je pense que c'est à ça qu'il réagit. Tu n'es pas à ta place à Las Vegas, dit Corey en entrant dans l'allée du Bellissimo et se dirigeant vers le parking des employés à l'arrière. Alors comment ça va se passer quand tu le verras ?

Je pris une inspiration. Je voulais mentir et dire que j'espérais ne pas le voir du tout, mais Corey connaissait déjà la vérité. Je haussai les épaules.

— Je suivrai son exemple.

Corey se gara et me fit face.

— Sérieusement ? Ça a marché pour toi jusqu'ici ?

— Je sais, je sais, mais…

Mais ça faisait partie de la fascination. La manière dont il dominait chaque instant où nous étions ensemble faisait fléchir mes genoux.

Nous sortîmes de la voiture et entrâmes ensemble dans le casino par l'entrée de service.

— Je pense que tu devrais te décider. Si c'est lui que tu veux, tente ta chance. Sinon, sois professionnelle. Ne le laisse pas t'embobiner encore une fois. D'accord ?

Je hochai la tête, mais je n'étais sûre de rien. Je devais quitter ce travail. Bientôt. Avant que je ne m'humilie encore plus.

Mon téléphone vibra alors que je marchais dans le couloir. C'était une amie de Reno. Elle écrivait : *Tanner est passé. Il semblait vraiment dévasté. Il m'a supplié pour que je lui donne ton nouveau numéro. Je lui ai dit de dégager.*

Bien sûr. Dévasté. Ha. Il voulait récupérer la voiture.

Merci, renvoyai-je. Je ne voulais vraiment pas entendre parler de lui.

Je me dirigeai vers les vestiaires des employées pour me changer et mettre ma robe rose de femme de chambre. Comme chaque jour de cette semaine, il y avait une légère hausse d'excitation lorsque je l'enfilais, me souvenant de la manière dont Tacone me l'avait enlevée.

Bon sang, j'avais vraiment le béguin pour ce gars et ce serait ma pire décision en matière d'hommes.

Nico

— Pas question, putain, grondai-je à Junior, mon frère le plus âgé, au téléphone.

Il venait de m'informer qu'il envoyait dix gars à Las Vegas pour prendre le contrôle du milieu de la cocaïne.

— Tu veux pas réessayer ?

— Nous avions un accord. Je maintiens les choses réglo ici pour que ton argent puisse être blanchi. Je n'ai pas besoin que la police de Las Vegas ou les fédéraux soient sur mon dos parce que tu veux augmenter ta part des ventes de drogues de rue. Ça n'en vaut pas la peine.

— Je décide ce qui en vaut la peine ou pas.

Je n'exprimai pas mon désaccord. Junior ne dirigeait pas le groupe. Notre père était le patron, mais il était actuellement dans une prison fédérale pour encore quatre ans après avoir été inculpé de fraude fiscale.

— Non, Junior, dis-je après une pause. J'ai assez à gérer ici. Je connais cette ville. Je connais les flics. Je connais le maire. Le gain ne surpasse pas le risque.

— Peut-être que tu as besoin que je vienne t'aider à diriger mieux ton affaire, alors.

— Va te faire foutre.

Je fermai les yeux, parce que je n'aurais vraiment pas dû parler comme ça à mon frère, et si je ne désamorçais pas les choses, j'allais me retrouver avec les couilles dans le postérieur.

— Écoute, je suis désolé. C'était irrespectueux. Je ne le pensais pas.

Junior approuva d'un grognement.

— Tu es content de la manière dont je dirige les choses ici, non ? Je rapporte beaucoup d'argent à *la Famiglia*, non ?

Il ne pouvait y avoir aucun doute sur sa réponse. Je gagnais quatre fois autant que toutes leurs opérations illégales à Chicago, et tout ce que je faisais ici était réglo.

Il grogna à nouveau en guise d'accord.

— Alors s'il te plaît fais-moi confiance là-dessus. Je suis désolé d'avoir été con. Je suis trop habitué à être mon propre patron ici. Mais je sais ce qui va fonctionner dans ma ville. Le deal de cocaïne est trop risqué. Trop dominé par les gangs latino-américains. Et ça pourrait menacer tout ce que j'ai ici, hein ?

— Tu es une couille molle.

Je dus m'efforcer de garder mon calme. Je ne daignai pas répondre à sa raillerie.

Junior attendit un instant de plus, puis il ajouta :

— On en reparlera quand je viendrai.

Je me raidis.

— Quand ça ?

— La semaine prochaine. Maman veut déménager pour l'hiver. Elle dit que tu lui manques trop. Je pense que je vais l'accompagner et lui trouver une maison.

J'étais sur le point de lui dire sèchement que *je* pouvais lui trouver une maison, mais je réussis à la fermer. Il voulait venir ici et jouer les gros bras. Je ferais mieux de me remettre les idées en place avant qu'il n'arrive. Garder sa merde en dehors de Las Vegas était ma priorité numéro un.

Je pris l'ascenseur jusqu'au dernier étage. Quelque chose me fit aller d'abord vers la chambre de Tacone… un sixième sens me soufflait qu'il serait là cette fois. Je frappai à la porte, mais je n'entendis rien. Au temps pour l'intuition.

J'entrai avec la carte et me mis au travail.

La suite était vide, comme elle l'avait été toute cette semaine. Un billet neuf de cinquante dollars était posé sur la table avec une note et mon nom. À ce rythme-là, j'aurais gagné assez pour déménager de chez Corey à la fin du mois.

Ce qui, étant donné ce qu'elle m'avait dit sur l'intérêt de Dean pour un plan à trois, était encore plus nécessaire.

Je laissai le billet sur la table le temps d'en avoir terminé. C'était pour un boulot bien fait et je m'assurerais de faire de mon mieux avant de prendre l'argent. Je nettoyai la salle de bains et la chambre avant de me diriger vers le cabinet de travail, que je fis en dernier. Parce que Marissa était paranoïaque là-dessus, je restai loin du bureau, époussetant les étagères de livres, vidant la poubelle et passant l'aspirateur. Remarquant une toile d'araignée dans le coin supérieur de la fenêtre, j'attrapai la tête-de-loup pour l'enlever. Et ce fut là que l'autre bout de la tête-de-loup renversa quelque chose sur le bureau de Tacone.

Je sursautai et me retournai pour voir du café renversé sur les papiers.

Oh merde.

Mince, mince, mince.

Je courus vers mes chiffons, et revins, épongeant aussi vite que je pouvais. Mais c'était trop tard. La moitié des papiers sur le bureau étaient trempés, tachés de café.

Que devais-je faire ?

Je les séparai et les étalai individuellement pour qu'ils

sèchent, essayant de ne pas regarder le contenu. Je n'étais pas censée voir ces trucs.

— C'est quoi ce bordel ?

Un petit cri perçant quitta mes lèvres et je renversai de nouveau le mug de café maintenant vide.

Tacone se profilait dans l'embrasure de la porte, sa carrure plus menaçante que jamais. Ses yeux étincelaient, sombres, un muscle tressaillant dans sa mâchoire.

— Oh mon Dieu… dis-je en redressant encore le mug de café. Je suis vraiment désolée. J'ai renversé votre café, qui a tout taché. Je sais que nous ne sommes pas censées toucher les bureaux… je n'en avais vraiment pas l'intention, mais…

Tacone se rapprocha, ses yeux soupçonneux passaient sur le bureau, le sol, mon corps, la pièce. Il avait encore des poches sous les yeux comme s'il n'avait pas dormi.

— Je n'ai rien regardé… je vous le jure.

En un éclair, alors qu'il se tenait derrière moi, il enroula sa large main autour de ma gorge, tenant l'avant de mon cou sans serrer. Il me tira en arrière, pour que mes fesses touchent ses jambes.

— Qu'as-tu vu ?

Sa voix était basse et dangereuse, mais la main sur ma gorge était plus une caresse qu'une menace, surtout quand son pouce caressa légèrement mon pouls.

Je fermai les yeux.

— Rien, dis-je d'une voix rauque. Je n'ai rien vu. Je le jure.

— La curiosité ne sera pas pardonnée, Sondra.

Sa voix était purement sexuelle. Toute en séduction. Son souffle caressait chaudement mon oreille. Les muscles durs de son corps se pressaient contre le mien plus doux.

— Tu me dis la vérité ?

— Oui.

Cela sortit à demi comme un gémissement, à demi comme un hoquet, mais pas parce que j'avais peur. J'étais terriblement excitée.

L'autre bras de Tacone passa autour de ma taille. Il posa la main à plat sur mon ventre, doigts écartés, glissant lentement.

— Ton seul péché est la maladresse ?

— Oui, monsieur.

Ça lui plaisait que je l'appelle *monsieur*. Je ne savais pas comment je pouvais le dire, mais je le savais.

Des décharges d'électricité me parcouraient le corps, l'illuminant de l'intérieur, et j'aurais juré que je sentais le courant traverser Nico en retour et passer par la moindre de ses cellules. Ma culotte était plus qu'humide… elle était trempée.

— Je suppose que ça ne requiert qu'une petite *correction.*

Il me mordilla l'oreille.

Mon cœur battait, probablement si fort qu'il pouvait le sentir à travers mon dos.

— Pose les mains sur le bureau.

Mon ventre s'agita. Oh seigneur, allait-il me fesser ? Un frisson me traversa. Il était excité aussi. Sa verge se pressait contre mon dos, et son souffle entrait et sortait d'un ton rauque aussi rapidement que le mien. Il me relâcha et recula, j'obéis, me penchant pour poser mes paumes à plat sur le bureau devant moi.

J'entendis un grognement profond d'approbation derrière moi. Ses deux mains enserrèrent mes hanches et il les tira vers lui, accentuant la cambrure de mes reins. Il glissa lentement les mains sur le tissu de ma robe, caressant mes courbes avant de me lâcher.

— Je vais te laisser ton uniforme, dit-il d'une voix incroyablement profonde. Seulement parce que cette fois, si je descends encore cette fermeture éclair, je ne me retiendrai pas.

Le sol chavira et une vague de vertige m'envahit, puis je revins brusquement à la réalité quand sa paume s'écrasa sur une de mes fesses.

Spaf.

Je hoquetai et me penchai automatiquement sur le côté, puis je me remis en position. Je restai immobile pour recevoir sa punition.

— Hum. Je *savais* que ce cul serait parfait pour une fessée, gronda-t-il.

Il me frappa l'autre fesse. *Fort.* Je dus serrer les lèvres pour retenir le couinement qui me montait dans la gorge. Une autre claque, et une autre. C'était un peu trop, mais juste au moment où j'étais sur le point de protester, il commença à masser mes fesses blessées, effaçant la piqûre.

Je haletai, le creux de mon ventre se crispant, mon cœur martelant à un rythme rapide.

Tacone caressa ma hanche jusqu'à atteindre ma cuisse nue. Il commença à remonter le long de ma jambe, sous la robe d'uniforme, puis s'arrêta, et tira sur l'ourlet.

— Tu ferais bien de retourner au travail avant que je n'aille bien trop loin.

Hein… quoi ? J'étais bien trop excitée pour rabaisser ma robe et retourner au travail. En fait, cette simple idée m'énervait. J'étais cruellement en manque. Mon clitoris palpitait, mes mamelons étaient durs et sensibles.

Je relevai le buste et me retournai pour me confronter à lui. Avant que je ne puisse parler, il m'attrapa par la nuque et me maintint captive pour m'embrasser. Ses lèvres enveloppèrent durement les miennes avec une intensité douloureuse. Il aspira ma lèvre inférieure dans sa bouche, la mordilla. Sa langue glissa entre mes lèvres.

Je geignis et lui rendis son baiser, reconnaissante que le bureau soutienne mon postérieur, ou je serais tombée.

— *Bellissima,* murmura-t-il quand il recula. Il semble que je n'arrive pas à m'empêcher de te toucher.

Inutile, gémit ma dévergondée intérieure.

Mais avec un regard peiné, il me lâcha et recula.

— Vas-y.

Il me fit pivoter et me donna une tape sur les fesses pour me congédier.

Une tempête d'émotions m'envahit : l'humiliation se mélangeant au désir et se transformant en une colère brûlante.

D'accord. Il voulait jouer avec moi ?

Très bien.

Moi aussi je pouvais jouer à ce petit jeu.

Nico

Je m'assis à mon bureau et essayai de ne pas regarder la femme très excitée et en colère se pavanant à travers ma suite.

Il semblait que je sois destiné à être grossier avec Sondra Simonson. Ne pas la toucher m'était impossible. J'essayais de rester éloigné… *Madonna,* j'essayais. Mais elle était là, s'abandonnant de nouveau à moi avec cet air effrayé-mais-excité qui me rendait fou.

Je n'avais pas prêté beaucoup d'attention à mon goût pour la domination des femmes.

Oh, j'aimais être aux commandes… aucun doute là-dessus. Mais ça signifiait seulement que je menais la danse. C'est pour ça qu'habituellement j'utilisais des professionnelles qui faisaient ce que je disais sans poser de questions.

Mais aucune d'elles n'avait jamais tremblé et hoqueté comme Sondra. Aucune d'elles n'avait eu une réaction sincère envers moi. Aucune d'elles n'avait affiché cette fureur comme elle venait de le faire parce que je n'étais pas allé jusqu'au bout.

Si seulement elle avait pu savoir que j'avais essayé de lui rendre service en la lâchant ! D'abord, je n'aurais pas dû la fesser.

Mais ces fesses !

Ces fesses succulentes et parfaites pour une fessée.

Et les petits sons adorables qu'elle avait émis quand je les avais tapées.

Je serrai fort ma verge à travers mon pantalon et regardai les hanches de Sondra se balancer alors qu'elle marchait d'une manière décontractée devant ma porte avec un chiffon à poussière. Ses lèvres étaient gonflées après notre baiser. Je sentais encore son goût sucré sur les miennes. Comme des fraises et du thé vert. Je voulais la goûter partout.

J'avais à peine pu me retenir de sortir ma verge et de la lui enfouir, durement et rapidement juste là, sur mon bureau. Ça lui aurait appris à ne pas renverser du café sur mes papiers.

Putain, je perdais la tête.

Une petite partie de moi s'inquiétait encore qu'elle ne soit pas réglo. Mais ça devait être le cas. J'avais fait une tonne de recherches sur elle. Selon toute apparence, elle était une beauté innocente issue des classes moyennes, venant de Marshall, dans le Michigan. Elle avait été une étudiante brillante, diplômée avec mention bien dans une petite fac d'arts libéraux privée, puis elle avait obtenu un master en histoire de l'art à l'université du Wisconsin. Ses parents vivaient encore en face de chez la mère de sa cousine Corey. Bon, le père de Corey était un fédéral. C'était sorti quand nous l'avions engagée. Mais elle semblait s'être brouillée avec lui. Et elle travaillait pour nous depuis presque un an sans aucun comportement suspect.

Je n'avais pas pu déterrer un seul mensonge ni une seule raison pour m'inquiéter de Sondra, à moins de compter son ex-petit ami, qui semblait être un petit dealer d'ecstasy à Reno. Mais elle avait bien dit qu'elle avait mauvais goût en matière d'hommes.

Sondra se posta devant ma bibliothèque, me plaçant aux premières loges pour regarder son postérieur, si tendrement moulé par la robe de son uniforme que je voulus envoyer un énorme bonus à la personne de mon équipe qui avait choisi ce style de vêtement en particulier.

Elle tortilla les fesses alors qu'elle passait le tissu sur le bois.

Oh mon Dieu ! Le faisait-elle exprès ?

Elle se pencha pour faire la poussière sur l'étagère devant elle. Quand elle se mit à quatre pattes et arqua le dos pour faire la plus basse, je fus sûr que tout ça c'était pour moi.

Mon sang-froid, déjà érodé, se brisa. Je bondis du bureau et fis le tour pour la rejoindre.

— Est-ce que ce petit spectacle est pour moi, *piccolina* ?

Je reconnaissais à peine ma voix, tellement elle était rocailleuse.

Elle regarda par-dessus son épaule avec une fausse innocence.

C'était ce qui causait ma perte : ces grands yeux bleus qui clignaient comme ceux d'une biche.

Elle portait ses cheveux tirés en arrière en un chignon désordonné, aujourd'hui, et j'enroulai ma main autour pour la forcer à se redresser tout en restant agenouillée. J'étais déjà à genoux sur le sol derrière elle, mais je ne me souvenais pas d'être arrivé là. J'enroulai mon bras à l'avant de son corps et pris son pubis en coupe de manière possessive, forçant toujours sa tête à rester appuyée contre mon épaule.

— Essaies-tu de me rendre fou, Sondra Simonson ? demandai-je en frottant sa fente et trouvant sa culotte déjà humide d'excitation. Je ne pense pas que tu comprennes ce que tu es sur le point de déchaîner.

Mes doigts glissèrent sous l'entrejambe de sa culotte pour entrer en contact avec sa chair humide.

Elle laissa échapper un autre de ces hoquets qui me rendaient fou.

— Je comprends, continuai-je en posant les lèvres contre son oreille et parlant alors que je traçais un cercle lent autour de son clitoris gonflé. Ce n'était pas juste de ma part de te fesser sans te donner de récompense, n'est-ce pas ?

Elle gémit.

J'enfonçai un doigt dans ses replis humides.

Je lâchai ses cheveux et déplaçai ma main pour la glisser dans l'ouverture zippée de sa robe.

Elle tremblait et avait déjà des soubresauts, prête à exploser.

— Je devrais te baiser jusqu'à ce que tes dents s'entrechoquent pour m'avoir autant allumé, dis-je en courbant un autre doigt en elle et allant et venant légèrement. Mais je suppose que je te dois cette jouissance, n'est-ce pas ?

Son intimité était si juteuse et réactive que mes yeux se révulsèrent. Et c'était seulement en la doigtant. J'allais vraiment perdre la boule si je mettais ma verge à l'intérieur de cette fille.

— Vas-tu me permettre de me rattraper pour t'avoir effrayée la première fois que nous nous sommes rencontrés, *bambina* ?

Sa seule réponse fut un gémissement voilé.

Je retirai mes doigts de son corps et tapotai ses grandes lèvres.

— Alors ? Réponds-moi avec des mots, bébé.

— Oui !

Il y avait de la surprise et de l'agacement dans sa voix et pas qu'un peu de détresse. Cela me fit sourire.

— Gentille fille.

Je tapotai son clitoris. Je mourais d'envie de la goûter, surtout maintenant que j'avais décidé que c'était mon devoir de la récompenser. Je la lâchai et posai les mains sur ses hanches, montrant un petit peu d'autorité.

— Rampe là-bas vers le canapé, bébé. Je dois te retirer cette culotte.

Il n'y eut aucune hésitation. Elle était totalement et complètement à moi. Elle obéit sans une trace de gêne, rampant jusqu'au canapé, puis s'arrêtant et se retournant, probablement pour voir comment je la voudrais. Putain, cette fille me rendait dingue.

Je poussai son buste sur le siège du canapé et remontai le bas de sa robe. C'était comme ça que je l'avais voulue avant. Cul nu pour lui donner la fessée.

Je tirai d'un coup sec sa culotte jusqu'à ses cuisses et elle s'empressa de la retirer. Seules quelques marques rouges restaient là où je l'avais frappée avant. Je ne me retins pas. La claque bruyante de ma main contre sa chair nue résonnant dans la pièce, je fessai son postérieur. Je frappai cinq fois durement, puis m'arrêtai et le frottai.

Je pouvais dire par ses hoquets que ça faisait mal, alors je me penchai et embrassai chaque fesse.

— Ça va, bébé ?

— Hum…

— Tu en veux plus, ou ça suffit ?

Elle resta silencieuse un instant et je me sentis soudain

mal de penser que j'étais allé trop loin, mais elle répondit d'une petite voix :

— Encore un peu.

— C'est bien, ma belle.

Je lui en donnai trois de plus, puis frottai la peau rosie. Je voulais vraiment la baiser, maintenant. Et je voulais dire baiser de la manière la plus obscène et vicieuse. Genre, la tenir par les cheveux et la prendre jusqu'à ce qu'elle hurle pour demander grâce.

Mais je ne le ferais pas.

Je lui avais promis une récompense, et j'avais l'intention de la lui donner.

— Assieds-toi sur le canapé et écarte-moi ces cuisses sexy, ordonnai-je.

Elle se précipita pour obéir et je vis bien son visage. Ses joues étaient rougies, ses yeux brillants. Ses cheveux étaient en pagaille comme après une partie de jambes en l'air. C'était une image que j'adorerais voir chaque jour du reste de ma fichue vie.

Mais ce n'était pas une option.

Maîtrise-toi, Nico.

Je ne pouvais pas avoir cette fille. Enfin, j'aurais pu. J'étais Nico Tacone, propriétaire du Bellissimo, *capo* de la famille criminelle Tacone de Chicago. Je pouvais prendre ce que bon me semblait.

Mais je *ne pouvais pas.*

Pas cette fille.

Elle méritait un homme vrai. Quelqu'un qu'elle pourrait épouser et avec qui elle aurait des petits historiens de l'art. Pas un boss criminel qui était promis à une autre depuis la naissance.

J'écartai largement ses genoux et me rinçai l'œil sur ce cœur rose sur lequel je fantasmais.

Je dois goûter.

Je tendis les mains sous ses cuisses prenant son postérieur dans mes paumes et la rapprochant jusqu'à ma bouche.

Le gémissement qu'elle laissa échapper m'enivra. Je la léchai une fois, longuement et lentement, écartant ses lèvres alors que je remontais vers son clitoris. Elle tressauta à l'instant où j'entrai en contact avec et émit un petit cri aigu de besoin.

— Est-ce là que tu me veux, bébé ?

Elle passa les doigts dans mes cheveux.

— Ou-oui, s'il vous plaît.

Je passai sur son clitoris de manière répétée avec l'extrémité de ma langue.

— Si sucré. Tu as si bon goût, bébé. Et tu as demandé si gentiment.

J'aplatis ma langue et refis un autre long passage, puis je la dardai en pointe et la pénétrai. Ses fluides coulèrent sur ma langue, acidulés et consistants. J'affermis ma prise sur son bassin, la soulevant pour pouvoir lécher son anus aussi.

Elle cria, mais je maintins ses cuisses écartées pour qu'elle ne puisse pas les serrer, qu'elle ne puisse pas échapper à la torture de plaisir que je voulais lui accorder. Je mordillai ses lèvres, les suçai. Je savais que je pouvais la faire jouir, rapidement. Elle se préparait déjà à exploser, mais plus je la faisais attendre longtemps, plus son orgasme serait démesuré, et pour une raison quelconque, je me sentais l'esprit de compétition, comme si je voulais que ce soit le meilleur putain d'orgasme de sa vie.

Peut-être parce que je savais que je ne pouvais pas la garder.

Et je voulais vraiment la garder, putain.

Je glissai un doigt en elle pendant que je caressais son clitoris. Elle gigota, essayant de m'attirer plus profondément.

Petite chose avide. J'ajoutai un deuxième doigt, refermai mes lèvres autour de son minuscule bouton et le suçai.

Elle hurla, mais je reculai, lâchant son clitoris et remuant mes doigts.

— Oh, haleta-t-elle. S'il vous plaît. Oh s'il vous plaît, oh... N-Nico.

J'adorais qu'elle prononce mon prénom, encore plus que je n'avais aimé ça quand elle m'avait appelé *monsieur* tout à l'heure.

J'adorais qu'elle gémisse mon prénom de cette voix voilée et incendiaire qui disait *baise-moi*. Je ralentis mon mouvement de va-et-vient et à la place incurvai les doigts pour chatouiller sa paroi interne, cherchant son point G. Ses yeux s'écarquillèrent quand je le trouvai, quelque chose de comparable à la panique apparaissant. Elle tortilla son bassin sur le canapé en cuir. J'allais et venais avec mes doigts, touchant le point G à chaque fois, et elle poussa un cri perçant tandis que ses doigts tiraient sur mes cheveux.

— C'est ça, bébé. Jouis pour moi.

Ses fluides coulaient partout sur mes doigts et son sexe se serra, déclenchant son orgasme en rapides palpitations. Je la laissai finir, puis massai ses parois de mes doigts en de lents mouvements de va-et-vient, remuant en elle, puis ressortis mes doigts en les faisant glisser de haut en bas sur sa fente. Elle trembla sous un autre orgasme.

Elle était magnifique. Ses cheveux blonds étaient étalés autour d'elle sur le canapé, en adorable pagaille. Ses yeux étaient vitreux, ses paupières lourdes.

Ma verge palpita.

Mais je ne pouvais pas le faire.

Sondra

Nico me fixait comme un animal affamé, semblant presque avoir mal de désir. Il ressortit doucement ses doigts de mon corps et dessina des cercles sur l'intérieur de mes cuisses avec ses pouces. J'étais amorphe sous le plaisir de mon orgasme. Même sans pénétration, je devais dire que c'était le meilleur orgasme que j'avais jamais eu. Tout dans ce rapport le rendait sexy, à commencer par l'introduction où Nico m'avait fouillée à nu le jour où nous nous étions rencontrés, puis m'avait fessée, puis ça. Combinez le tout aux compétences considérables de Nico et à son intérêt sincère pour mon plaisir, et je doutais que cette expérience sexuelle soit un jour surpassée.

Et étant donné qu'il n'avait pas encore été satisfait, je ne pensais pas que c'était terminé.

À quel point est-ce que ça pourrait être encore meilleur ?

— M-merci, dis-je quand la voix me revint.

Ma gorge était irritée d'avoir crié, ce que je ne faisais ordinairement pas.

Le sourire de Nico sembla presque triste.

— Putain, tu es si douce.

Ses mains vagabondèrent jusqu'à ma poitrine. Il baissa la fermeture éclair de ma robe et sortit mes seins des bonnets. Il pinça mes deux mamelons en même temps, plus fort que je n'y étais habituée. Mes yeux s'écarquillèrent et l'énergie revint d'un coup dans mon corps sous la légère douleur.

— Dégage de Las Vegas, Sondra Simonson.

C'était la dernière chose que je m'attendais à entendre après qu'il m'eut portée jusqu'à l'orgasme avec sa bouche et ses doigts astucieux. Avant qu'il n'ait pris son plaisir.

Il continua à faire l'amour à mes seins, les serrant, passant les pouces sur mes mamelons. Il fit un brusque mouvement au-dessus de moi pour passer la langue sur un téton durci.

— Tu es une lumière trop vive pour un endroit sordide comme celui-ci. Il te ternira, continua-t-il en donnant un autre coup de langue. *Je* te ternirai.

Ses mots ne collaient pas à ses actions, alors mon cerveau fut lent à rattraper son retard. Que me disait-il ?

— Tu es venue ici pour un nouveau départ. Ta cousine est ici. Je comprends. Mais tu aurais dû retourner chez toi à Marshall, dans le Michigan, bébé.

Je n'aurais pas dû être surprise qu'il sache d'où je venais, mais l'entendre me le dire envoya un frisson tout le long de ma colonne vertébrale. C'était en partie la peur – ou le fait d'être consciente du danger que cet homme représentait, de la minutie de ses recherches sur moi. Mais il y avait également une excitation dans le fait d'être l'objet d'un examen aussi intense. Parce que clairement, je lui plaisais.

Il me regardait attentivement alors qu'il tirait et faisait rouler mes mamelons. Le conflit se lisait dans son expression, ou de la tension, et elle grandissait de manière exponentielle à chaque seconde qui passait. Soudain, tout se durcit. Sa mâchoire se serra, sa concentration devint inflexible.

— Je vais te donner de l'argent pour un nouveau départ.

Il frappa ma poitrine, et je criai sous la surprise.

— Cet argent n'a rien à voir avec le sexe, alors n'essaie même pas, dit-il en pointant un doigt d'avertissement vers moi. Je veux que tu le prennes et que tu quittes la ville. Ne reviens pas, *piccolina*.

Je me réveillais enfin de ma langueur orgasmique et décollai le dos du canapé où j'étais affalée.

— Que dites-vous ?

Je fronçai les sourcils. Je ne comprenais pas s'il me menaçait ou s'il essayait de m'aider. Je n'arrivais pas à comprendre ce qu'il se passait ici.

Nico se déplaça en un éclair, m'attrapant sous les aisselles. Soudain, je me retrouvais à l'horizontale sur le canapé et lui au-dessus de moi. Il frappa de nouveau ma poitrine et je me tortillai sous lui, mes hanches allant à la rencontre des siennes.

— Je dis…

Il frotta le dos de sa main sur sa bouche.

— Je dis que tu devrais dégager d'ici. Je suis bien trop obnubilé par toi, *bambina.* C'est la dernière occasion que je vais te donner de fuir, dit-il.

Ses yeux étincelaient, sombres et dangereux.

— Tu remets un pied dans cette suite et je prendrai possession de toi. Je t'enchaînerai à mon lit et te baiserai chaque minute de la journée.

Je m'immobilisai sous lui. Mon cœur battait contre mes côtes. Je mentirais si je disais que ses mots ne me ravissaient pas. Oh, j'entendais le danger sous-jacent. La menace. Mais également, tellement de désir.

Je n'avais jamais été aussi désirée par un homme. J'avais toujours été le genre de petite amie pathétique et sous-évaluée. Celle qui surprenait son mec à la tromper avec plusieurs femmes.

Savoir qu'il me désirait à ce point m'embrasait de chaleur. De pouvoir.

Il hocha la tête une fois.

— Tu me comprends.

Il me relâcha et se leva. Avec la gentillesse d'un parent habillant un petit enfant, il remit mon soutien-gorge sur mes seins et zippa ma fermeture éclair.

Il se tenait au-dessus de moi, aussi sombre et hostile que lors de ce premier jour.

— Je te laisse partir, Sondra Simonson.

C'était une déclaration… comme s'il était une sorte de dieu, ce que, dans son monde, il était. Je pouvais imaginer ses employés tomber à genoux quand il parlait.

— Fuis pendant que tu le peux encore. Parce qu'une fois que j'aurai décidé que tu es à moi, je te détruirai. Sois-en sûre.

Il me regarda fixement encore un instant, sa pomme d'Adam montant et descendant, puis il se détourna.

Ses épaules s'affaissèrent alors qu'il ramassait ma culotte abandonnée par terre et me la tendait.

Mon estomac fit des nœuds et se retourna. L'énergie entre nous s'emmêlait, se tordait. Il y avait tellement à disséquer dans ses paroles ! Il me laissait tranquille. Il me fournissait une porte de sortie. Ou me faisait-il une offre ? Posait-il un ultimatum ?

Je n'arrivais pas à le déterminer, et je voulais soudain dégager d'ici. Je tirai sur ma culotte sans le regarder et me levai. Je me dirigeai vers la porte, et il me retrouva à côté de mon chariot et me tendit une pile bien enroulée de billets de cent dollars.

— Prends-les, dit-il.

Je reculai brusquement comme s'il m'avait giflée.

— Ce n'est pas un paiement, c'est un cadeau. Prends un nouveau départ ailleurs. Pas dans mon casino.

Je l'ignorai et poussai mon chariot vers la porte.

Il m'attrapa par le bras et me fit pivoter vers lui.

— Sondra. Prends-les.

Ses yeux marron chocolat m'imploraient.

Mon nez me brûlait et je secouai la tête.

— Je ne veux pas de votre argent.

Ma gorge était serrée, même si je n'avais aucune raison d'être bouleversée. Il m'avait donné un orgasme et m'avait proposé de l'argent, dont j'avais bien besoin. Pourquoi, alors, avais-je l'impression d'avoir été utilisée et larguée ?

— S'il te plaît, prends-les. Ce n'est rien pour moi et ça t'ouvrira des options. Je veux seulement que tu aies des options, Sondra. Je ne veux pas que tu fasses des choix que tu regretteras.

J'arquai les sourcils.

— Comme ce que je viens de faire avec vous ? dis-je d'un ton cassant. Eh bien, c'est trop tard pour ça.

Je ne savais pas pourquoi j'étais énervée, mais je l'étais. Je supposai que me faire proposer de l'argent rabaissait tout. Ou peut-être que j'étais en colère qu'il pense pouvoir prendre des décisions sur ma vie sans me consulter. Dans tous les cas, j'en avais assez. Je savais que m'enticher de Nico Tacone était une erreur, et je devais écraser ce sentiment avant d'être encore plus blessée.

— Sondra.

Sa voix transmettait tellement d'autorité sereine que je m'arrêtais, la main sur la poignée de la porte.

— Je suis désolé si je t'ai blessée ou humiliée. Ce n'était pas mon intention.

Je ne savais pas pourquoi j'étais surprise d'entendre une telle maturité émotionnelle chez un boss mafieux, mais je l'étais.

Je haussai les épaules.

— Je m'en remettrai.

J'ouvris la porte et poussai mon chariot.

— Je ne suis pas désolé pour le reste, l'entendis-je dire juste au moment où je refermais la porte.

CHAPITRE CINQ

Nico

J'avais la bougeotte et, pendant les trente premières minutes après son départ, je m'étais senti prêt à coller mon poing dans un mur.

Je l'avais blessée. Ça avait été visible, partout sur son visage. Putain, j'avais essayé de faire ce qu'il fallait, mais elle n'avait pas vu ça comme ça.

Et pour une raison ou une autre, la blesser était plus inadmissible que n'importe quoi d'autre. Mais la vraie question était… pourquoi avait-elle été blessée ? Parce que je lui avais proposé de l'argent ? Lui avais-je donné l'impression qu'elle était une pute ? J'avais essayé d'être clair, ça n'était pas parce qu'elle m'avait laissé lui retirer sa culotte. Ou était-ce autre chose ? Le rejet ?

Merde, elle ne méritait pas ça.

Puis le besoin d'arranger ça s'empara de moi, bien plus fort que mon désir de faire ce qui était bien pour elle. Ou peut-être que j'étais juste un enfoiré avide qui faisait semblant de se soucier de quelqu'un d'autre que de lui-même.

Je ne pouvais pas rester éloigné de Sondra Simonson.

Je décrochai mon téléphone et appelai la sécurité.

— J'ai besoin de la position d'une employée.

Tous les badges de nos employés avaient des dispositifs de pistage et les informations sur leur position dans le casino était facile à sortir. C'était également enregistré pour que nous sachions où quelqu'un s'était trouvé en cas d'incident.

— Bien sûr, monsieur Tacone, qui cherchez-vous ?

— Elle s'appelle Sondra Simonson. Elle travaille à l'entretien.

Il y eut une pause.

— Je suis désolé, monsieur Tacone, il semble qu'elle soit hors site.

Putain. Elle avait démissionné.

Je lui avais dit de le faire. Je n'aurais pas dû avoir envie de retourner mon bureau ni de balancer mon fauteuil à travers la porte vitrée de mon balcon.

Elle était futée. Elle avait écouté mon avertissement.

Juste pour m'en assurer, je raccrochai et appelai le manager de l'entretien.

— Je cherche une de vos employées… Sondra Simonson. Travaille-t-elle aujourd'hui ?

— Je suis désolé, monsieur Tacone, elle a dit qu'elle ne se sentait pas bien. Je l'ai laissée partir plus tôt. J'ai envoyé Jenny nettoyer les suites penthouse. Sondra m'a dit qu'elle avait terminé la vôtre… ce n'était pas vrai ? Y a-t-il autre chose dont vous aviez besoin ?

Elle n'avait pas démissionné. Elle était rentrée, malade.

— Non, tout va bien.

Je raccrochai et regardai fixement mon téléphone. L'idée que Sondra soit assez contrariée pour partir me donnait envie de filer pour la rattraper. Mais j'étais également soulagé qu'elle n'ait pas démissionné.

Qu'est-ce que ça voulait dire ?

Pensait-elle revenir ici ? Après que je lui avais fait comprendre ce qui se passerait ? Bon sang.

Je ne voulais vraiment pas affaiblir son éclat. Mais je devais apaiser tout sentiment blessé.

J'appelai la fleuriste du casino.

— J'ai besoin de trois douzaines de roses livrées hors site tout de suite.

— Bien sûr, monsieur Tacone. Où doivent-elles être livrées ?

J'attrapai le dossier de Sondra et lus son adresse.

— De quelle couleur ?

— Vous choisissez.

— Un mot sur la carte ?

J'hésitai. Que diable allais-je dire ? Je poussai un soupir.

— Pourquoi pas... *Puis-je t'emmener dîner ce soir ?* Et signez *Nico.*

— Parfait, monsieur Tacone, je les fais porter immédiatement.

— Merci.

Je raccrochai.

Qu'est-ce que je faisais ? Maintenant je voulais l'emmener dîner ? Après avoir essayé de la libérer ? Putain. J'avais tellement la tête à l'envers à cause de cette femme que c'en était gênant.

Je m'étais complètement entiché d'une femme que j'allais probablement détruire.

~

Sondra

Je pris le bus pour rentrer. Je ne m'étais pas arrêtée pour dire à Corey que je partais parce que j'avais besoin de me remettre les idées en place. Je ne voulais pas répondre à ses questions sur ce qui s'était passé et ce que j'allais faire.

J'aurais dû démissionner.

Il m'avait bien fait comprendre que j'aurais dû démissionner.

Il m'avait également bien fait comprendre à quel point il me désirait. Et pas pour une seule fois.

Il voulait me garder.

En tout cas, c'était ce que j'avais interprété dans ses menaces.

Et bon sang, ça me tentait à certains égards. Aucun homme ne m'avait jamais montré autant d'intérêt. J'étais la fille facile à quitter. Facile à tromper.

Et donc une partie de moi pensait que je devrais le provoquer et me pointer le lendemain. Le défier de mettre sa menace à exécution.

Mais le reste ne pouvait pas supporter d'autres montagnes russes émotionnelles. La possession, puis le rejet.

Je descendis à mon arrêt de bus et longeai les six pâtés de maisons jusque chez Corey.

Et… merde. La voiture de Dean était là. J'espérais vraiment avoir la maison pour moi. Je n'avais littéralement pas été seule depuis que j'avais emménagé à Las Vegas. À moins de compter le temps où je nettoyais des chambres.

Et s'il y avait eu un moment où j'avais besoin de me retrouver seule, c'était bien maintenant.

Je faillis continuer tout droit. Mais il faisait chaud dehors. Et je voulais me doucher. J'avais besoin d'effacer Tacone de mon corps. D'effacer cette journée de mon corps.

J'entrai et trouvai Dean sur le canapé à regarder la télévision. Son visage s'illumina avec un sourire décontracté.

— Hé, Sondra.

O.K., ouais. Il avait l'air un peu trop content de me voir.

— Hé, marmonnai-je avant d'attraper des vêtements dans ma valise à côté du canapé pour me changer.

Je passai à côté de lui en allant vers la salle de bains.

Il se leva et me suivit.

— Je ne pensais pas que tu serais à la maison aujourd'hui.

Je l'ignorai et fermai la porte de la salle de bains. Connard. J'ouvris le robinet de la douche et laissai couler l'eau. Peut-être que j'étais vache, mais ça devenait de plus en plus dur d'être ne serait-ce que polie avec Dean. Je ne l'appréciais pas et il me répugnait.

Je retirai mes vêtements et entrai dans la douche, mais toute satisfaction que j'espérais retirer de la thérapie aquatique fut complètement annulée par la présence de Dean juste derrière la porte.

S'il y avait eu un judas, il aurait probablement regardé dedans.

Dégoûtant.

Je finis par abréger ma douche et me pressais de m'habiller. Peut-être que j'allais faire cette promenade. C'était comme si je pouvais ressentir l'énergie omniprésente de Dean s'insinuer à travers la porte. J'avais sérieusement besoin d'espace.

Quand je sortis, je fus accueillie par la vue non pas d'un bouquet de roses, mais de trois.

Et d'un Dean à l'air très aigri.

— Est-ce qu'elles viennent de ton boss ? demanda-t-il.

Ce connard avait ouvert la carte. Il me la lança. Elle voleta au sol jusqu'à mes pieds.

Je me penchai pour la ramasser et la lire.

Nico Tacone m'invitait à dîner ? Juste après m'avoir éjectée de sa suite ?

Cette journée ne pouvait pas devenir plus bizarre.

— Qu'as-tu fait pour qu'il t'envoie des roses ? insista Dean.

Quand il se rapprocha d'un pas, la sensation fut menaçante.

Je n'aimais pas l'insinuation.

— Rien.

Dean poussa un soupir moqueur.

— Ouais, c'est ça. T'as couché avec lui ? demanda-t-il en m'attrapant le bras. Tu devrais être prudente. Tu sais qu'il fait partie de la mafia ?

Je me tortillai pour me sortir de sa prise, mais il serra plus fort.

— Aïe, protestai-je. Lâche-moi.

Il se rapprocha encore, se penchant pour que nous soyons nez à nez.

— Je pense que tu es super chaude, Sondra, dit-il.

Son haleine sentait les Doritos.

— Je suis sûr que Tacone aussi.

J'essayai encore de m'éloigner, mais Dean me tenait fermement.

— Lâche-moi, dis-je d'un ton cassant.

— J'aime que toi et Corey soyez cousines, dit-il, me faisant reculer contre le mur. C'est presque aussi bien que de se taper des jumelles.

— Tu ne coucheras pas avec moi, alors sors-toi cette idée de la tête.

Mon indignation se transformait en panique maintenant. Je pensais Dean vicieux, mais je n'aurais pas cru qu'il était le genre de gars à forcer une fille. Mais clairement je m'étais trompée. Parce que n'importe quel mec normal m'aurait lâché quand je lui aurais demandé.

Ses doigts se resserrèrent avec une force terrible autour de mon bras. Il tendit son autre main entre mes jambes.

— Lâche-moi. Putain.

Je luttais sincèrement maintenant, me tortillant pour essayer d'échapper à sa prise, essayant sans succès de lui donner un coup de genou dans les bourses. Il m'écrasa contre le mur.

Un coup bruyant résonna à la porte, ce qui fournit la distraction nécessaire pour que je me baisse et arrache mon bras à la prise de Dean. Je courus vers la porte comme si la personne qui se tenait de l'autre côté était mon salut.

— Sondra.

J'ignorai le murmure colérique de Dean et ouvris brusquement la porte, prévoyant de filer sous la protection de la personne qui se tenait là.

Je n'avais pas la moindre idée que cette personne serait Nico Tacone.

Je le heurtai dans ma hâte de sortir et il m'attrapa, les yeux sombres. Il regarda derrière moi dans la maison et son froncement de sourcils s'accentua.

— Que se passe-t-il ? Tu es bouleversée !

Il recula pour m'examiner et ne passa pas à côté des marques rouges d'irritation sur mes bras.

Ce fut tout ce qu'il lui fallut. Je n'ouvris même pas la bouche, mais il entra dans la maison et cogna Dean.

On entendit le craquement écœurant d'un os lorsque son nez se brisa et que Dean vola, trébuchant contre le canapé et glissant au sol. Tacone le suivit et le releva par son T-shirt pour le frapper encore.

— C'est bon ! criai-je. Arrêtez !

J'attrapai le bras de Tacone.

Il marqua une pause pour me regarder. Il portait son costume de marque, mais il ne transpirait pas.

— Sondra, va m'attendre dans la voiture.

Sa voix était parfaitement régulière, comme si infliger une violente justice faisait partie de son travail. Ce qui était probablement le cas.

Oh Seigneur ! Il allait tuer Dean.

J'étais peut-être énervée de ce que Dean m'avait fait, mais j'avais déjà l'impression que nous étions quittes. Enfin, le gars avait du sang qui coulait à flots de son nez et il était sur le cul.

— Non, dis-je en tentant de tirer Tacone vers la porte. Allons à ce dîner. Ça me paraissait une bonne idée.

Il laissa tomber Dean au sol et se redressa pour me faire face.

— Qui est ce type ? Est-ce qu'il t'a fait du mal ?

Je grimaçai parce que je savais que la réponse n'allait provoquer que plus de violence.

— C'est le petit ami de ma cousine. S'il vous plaît… pouvons-nous partir ?

Tacone glissa la main dans sa veste. Je savais ce qu'il allait sortir avant qu'il n'exhibe le flingue, parce qu'il me l'avait pointé sur la tête. Il se pencha et pressa le canon contre la tempe de Dean.

— Dégage d'ici.

Aussi terrifié que Dean paraisse, il bredouilla quand même :

— C'est chez moi.

Tacone le frappa avec la crosse.

— J'ai dit, dégage d'ici. Prends tes affaires. Déménage. Si tu t'approches de nouveau un jour de Sondra ou de sa cousine, je te buterai. Tu m'as compris ?

Dean ne répondit pas assez vite et Tacone recula le flingue pour le frapper de nouveau avec la crosse.

— D'accord ! Je m'en vais !

Il leva les mains en l'air et se remit lentement debout.

Tacone ne détachait pas les yeux de Dean, mais il me murmura :

— Est-ce ton sac, bébé ?

Il me fallut une seconde pour comprendre, mais je me rendis compte qu'il parlait de ma valise ouverte à côté du canapé.

— Ouais. Oui, c'est ça.

Tacone remit le flingue dans le holster sous son bras et alla à grands pas vers la valise, fermant résolument la fermeture éclair.

Je tremblais comme une feuille, peut-être autant en état de choc que la première fois que j'avais vu le flingue de Tacone.

— Monte dans la voiture, bébé.

Il attrapa ma valise par la poignée et leva le menton vers la porte.

Mes genoux flageolaient tandis que je marchais, mais je réussis à ramasser mon sac à main et à tituber jusqu'à la porte. Tacone était juste derrière moi, portant ma valise. Aucun de nous ne regarda en arrière alors que nous sortions.

Nico

En plein romantisme, je m'imaginais déjà traiter Sondra comme une dame et l'emmener à un rendez-vous. Rêverie qui avait vite dépéri quand j'avais vu le flamboiement de peur dans ses yeux et les marques sur ses bras.

Salopard. Je voulais sérieusement tuer ce fils de pute pour avoir touché ma nana.

Ouais, j'avais peut-être essayé de prétendre que je n'avais

pas déjà pris possession de Sondra Simonson, mais je l'avais fait.

Il était trop tard pour elle.

Le diable prend ce dont il a envie. Et c'était elle que je voulais.

Le pouvoir de la fureur sombre coulait encore dans mes veines, ce qui me donnait l'impression d'être invincible, mais j'essayai de le contenir.

Sondra était terrifiée. Aussi effrayée que le jour où je l'avais rencontrée. Putain. Était-ce à cause de moi ? De ce que j'avais fait tout à l'heure ? Je devais me souvenir qu'elle n'était pas habituée à voir des mecs se faire casser le nez.

Je lançai sa valise dans le coffre de la Lamborghini et lui ouvris la portière côté passager. Après m'être installé sur le siège du conducteur et avoir fait démarrer la voiture, je fus forcé de demander :

— Sondra, il n'a pas…

— Non.

Elle secoua la tête. Puis, elle me démolit complètement en fondant en larmes.

— Bébé, dis-je, mes mains serrant le volant suffisamment fort pour l'écraser. Putain.

— Ça va, dit-elle en reniflant. Ça a juste été une longue journée.

— Je suis désolé. Je sais que j'en fais partie. Ou peut-être que tout est ma faute ?

Je lui lançai un regard en coin.

Elle secoua la tête.

Quel soulagement, bon sang !

— V-vous n'allez pas… lui faire autre chose. N'est-ce pas ?

Est-ce que je voulais le démolir ? Totalement. Si elle m'avait dit qu'il l'avait violée, je l'aurais vraiment fait. Mais non. La vraie raison pour laquelle j'avais quitté Chicago pour ouvrir un casino à Las Vegas, c'était que je voulais sortir de la pègre. Je dirigeais une entreprise réglo. Je gardais les mains propres autant que possible.

— Tu veux que je fasse autre chose ?

Je voulais juste m'en assurer.

Elle secoua la tête rapidement. Aucune surprise ici.

— Alors, non. Je ne le toucherai plus. Du moment qu'il dégage de là.

Elle tordit les doigts sur ses cuisses.

— Et s'il ne le fait pas ?

Je grinçai des dents.

— Alors je m'assurerai qu'il le fait.

— Pas en le tuant.

Je la regardai. Sondra Simonson prenait de l'assurance. J'appréciais assez d'entendre l'inflexibilité dans sa voix, presque autant que la façon dont elle s'abandonnait à moi.

— Ouais, d'accord. Je le délocaliserai.

Elle essuya les larmes qui séchaient sur son visage.

— Où m'emmenez-vous ?

— Au Bellissimo. Je vais t'y prendre une suite… sans frais, sans obligation. Tu as salement besoin d'un lit convenable dans lequel dormir.

Je teintai ma voix d'irrévocabilité et elle ne protesta pas. Je ne pouvais pas supporter de savoir qu'elle dormait dans la maison avec ce connard à proximité.

Après un petit moment, elle dit doucement :

— Merci.

Un pincement au cœur me surprit.

— De quoi ?

Elle tripota un fil sur son short en jean.

— Je suis contente que vous soyez arrivé à ce moment-là.

Maintenant j'avais envie d'y retourner pour tuer ce gars.

Ne pas la toucher n'était absolument plus une option. Je tendis la main et posai la paume sur sa nuque, mon pouce caressant son cou.

— Tu me le dis si tu revois ce gars.

Ce n'était pas la bonne chose à dire. Sondra pâlit de nouveau et je sentis un petit frisson la traverser.

Bon sang. Elle avait peur de moi. Mais peut-être que c'était pour le mieux. Elle devait avoir peur de moi. Elle devait verrouiller sa porte et rester loin de moi.

~

Sondra

J'étais tremblante et sous le choc. Peut-être que c'était pour ça que je n'avais pas du tout peur de Nico Tacone cette fois. J'avais en fait l'étrange sensation qu'on me réconfortait et qu'on prenait soin de moi, ce qui était stupide, parce que je savais que cet homme était incroyablement dangereux. Mince, je venais de le voir braquer une arme sur quelqu'un. Encore.

Et pourtant, c'était pour me défendre, alors soudain son côté dangereux se transformait en côté héroïque. Je savais que Corey dirait que j'écoutais de nouveau *la Voix du Mal*.

Et oh mon Dieu ! Qu'allait dire Corey au sujet de Dean ?

Est-ce qu'elle m'en voudrait ? En voudrait à Nico quand Dean partirait ? Est-ce que Dean partirait ? J'espérais, pour son propre bien, qu'il le ferait. En fait, je l'espérais pour nous tous.

Tacone s'arrêta devant le Bellissimo et sortit de la voiture. Le voiturier se précipita pour ouvrir ma portière. Tacone lui lança les clés.

— Il y a une valise dans le coffre.

— Bien sûr, monsieur Tacone.

Il m'escorta à l'intérieur, contournant la queue à la réception pour aller droit à un poste vide. Le chasseur nous suivait avec ma valise. Une des employées se précipita.

— J'ai besoin d'une suite gratuite pour Mlle Simonson.

Les employés de Tacone étaient bien formés, car aucune trace de curiosité n'apparut sur le visage de la réceptionniste, seulement une attitude efficace et soucieuse de plaire alors que ses doigts volaient sur les touches. Elle me regarda et me sourit.

— Combien de temps séjournerez-vous chez nous, mademoiselle Simonson ?

— Hum... une ou deux...

— Indéfiniment, me coupa Tacone. Bloquez la suite pour les quelques mois à venir au moins.

Des mois ? J'allais dire *nuits*. Une suite au Bellissimo coûtait quatre cent cinquante dollars la nuit en haute saison.

— D'accord, j'ai juste besoin d'une pièce d'identité avec photo et d'une carte de crédit pour les frais accessoires, annonça la réceptionniste, son regard glissant vers Tacone.

Je voulus attraper mon sac à main, mais il secoua la tête impatiemment.

— Rien à débourser pour les frais accessoires.

Le martèlement qui avait commencé dans ma poitrine quand il avait répondu que je pouvais rester ici pendant des mois devenait plus fort. Nico Tacone allait laisser une de ses femmes de chambre loger dans une suite de luxe et commander au *room service* autant qu'il lui plairait gratuitement ? Je savais qu'il m'aimait bien, mais la sonnette d'alarme se déclencha.

Tacone sembla le remarquer, parce qu'il me lança un regard. C'était en partie un avertissement, en partie un réconfort. *Prends-la,* semblait-il dire.

— Alors, vous serez dans la chambre 853, c'est dans la tour nord. Prenez l'ascenseur sur votre gauche.

Quand la réceptionniste glissa la carte vers moi, Tacone la prit et la tendit au chasseur, le congédiant d'un mouvement brusque du menton.

Le chasseur s'éloigna sans bruit avec ma valise. Tacone posa une main au creux de mes reins et me guida vers le hall d'ascenseurs. Des gens nous jetèrent un coup d'œil lorsque nous passâmes devant eux. Tacone était habillé dans son magnifique costume et j'avais un short en jean coupé et un dos-nu. Mince, est-ce que j'avais l'air de sa pute ?

Mes pas ralentirent.

Tacone s'arrêta et me fit pivoter vers lui. Un muscle de sa mâchoire se contracta.

— Prends cette putain de chambre, dit-il d'un ton cassant, comme s'il savait déjà que j'étais sur le point de me barrer.

Il me lâcha et leva les mains, les doigts écartés largement, capitulant.

— Je ne vais pas monter avec toi. Tu n'es pas obligée de me revoir. Tu ne travailles pas pour moi. En fait, tu es virée. Et maintenant, tu as un endroit où loger le temps de trouver une solution, dit-il en indiquant l'ascenseur du menton, où le chasseur tenait la porte ouverte pour moi. Vas-y.

Il se retourna et s'éloigna, n'attendant pas de voir ce que je choisirai. J'hésitai. De toute façon, le chasseur avait ma valise, alors je devais aller la prendre.

Je pouvais aussi bien découvrir comment c'était de dormir dans une suite du Bellissimo.

Juste pour une nuit.

Demain je pourrais trouver une solution.

CHAPITRE 1

Nico

PARCE QUE J'ÉTAIS bien trop obsédé, le jour suivant je vérifiai pour voir si Sondra avait démissionné ou quitté l'hôtel. Elle ne l'avait pas fait, mais elle s'était fait porter pâle.

J'examinais les flux vidéo du casino jusqu'à finalement la repérer couchée près de la piscine.

Je souris. Tant mieux pour elle.

Puis je souhaitais ne pas l'avoir trouvée, parce que l'envie d'aller sur la terrasse de la piscine pour arracher ce bikini string de son corps et lécher tous les endroits que le soleil n'avait pas touchés me submergea. Et ce fut suivi de près par une explosion de jalousie brûlante. Parce que tous les mecs de la terrasse voyaient la même chose que moi.

Et quelque chose chez Sondra Simonson légèrement vêtue était bien plus osé que les danseuses de music-hall et les serveuses qui défilaient dans mon club en montrant davantage leurs fesses et leurs seins.

Je fis la seule chose raisonnable : dégager de devant les flux de sécurité et prendre la porte, terrorisant mes employés.

Je vis Corey dans la salle et ses yeux croisèrent les miens, effrontés et agressifs.

Oui, j'avais collé une raclée à son petit ami et je lui avais dit de dégager de sa vie. J'avais peut-être un léger fantasme de toute-puissance. Et alors ?

Parce que j'avais l'impression d'être un tyran, je me dirigeai droit vers Ross, le responsable de la salle.

— Remplacez Corey Simonson un instant. Je dois lui dire un mot.

— Oui, monsieur Tacone.

Ross fila vers Corey, qui travaillait à la roulette, et lui murmura quelque chose à l'oreille. Dès que le tour fut terminé, il prit sa place, faisant grogner tous ses clients. Les gens devenaient superstitieux au sujet de leur croupier, surtout quand c'était une grande rousse superbe.

Corey leva le menton et avança à grands pas vers moi, portant une sacrée paire d'escarpins et une robe noire moulante au décolleté plongeant.

— Vous avez quelque chose à me dire ? demandai-je dès qu'elle arriva.

Ses yeux s'écarquillèrent brièvement avant qu'elle ne puisse dissimuler sa surprise. Elle resta silencieuse un long instant.

— Non, monsieur.

— Vous êtes sûre ? la défiai-je.

Un autre instant passa, puis elle secoua la tête.

— Je me fiche de ce que vous lui ferez.

Le dégoût marquait sa voix et je sentis un éclair de compassion pour elle. C'était étonnant la manière dont les magnifiques femmes finissaient avec des losers comme petits amis.

Cazzo, maintenant je me ramollissais aussi avec d'autres personnes. Bon sang, qu'est-ce qui n'allait pas chez moi ? J'avais vraiment besoin de sommeil, merde.

Jenna

— Il est temps de conclure l'affaire, déclara mon père.

Il était assis derrière son grand bureau en noyer, coupant l'extrémité d'un cigare. J'avais été convoquée ici, dans son bureau, princesse de la Mafia devant le roi.

Le nœud d'anxiété qui m'oppressait la poitrine depuis que j'étais assez grande pour comprendre quel avenir m'attendait se serra si fort que je ne pouvais plus respirer.

— Junior Tacone a demandé de tes nouvelles. Il sait que tu as été diplômée de l'université. Je ne peux plus repousser ça à plus tard.

Je maudis les larmes qui me montèrent aux yeux. Mais ça n'était pas juste. J'avais neuf mois quand j'avais été piégée dans ce mariage. Vendue pour épouser un homme qui avait dix ans de plus que moi. Un homme qui n'avait jamais voulu de moi non plus.

Je supposai que ce devait être mon seul réconfort.

— Est-ce que Nico veut me voir ?

Ma voix tremblait.

Mon père alluma son cigare et tira une bouffée.

Je détestais la fumée du cigare. Je ne pouvais pas supporter la manière dont mon père la soufflait dans ma direction comme s'il n'avait jamais entendu parler des problèmes de santé dus au tabagisme passif.

— Non. Je ne sais pas quel est le problème de Nico, bon

sang ! S'il pense qu'il va manquer de respect à cette famille en refusant de t'épouser…

— Mais je ne veux pas l'épouser, gémis-je, pour la quatre-cent-cinquantième fois.

Mon père pointa un doigt imposant vers moi.

— Tu feras ce que tu as à faire pour consolider le lien entre nos familles. C'est la seule putain de chose que je te demande. Tu n'as pas à te salir les mains, tu n'as pas à être un soldat comme tes frères. Tu épouseras celui que je te dis d'épouser, bon sang, et tu le feras avec classe. De la manière dont ta mère t'a élevée.

Et c'était la réponse que j'avais entendue toute ma vie.

Je ravalai la bile qui remontait dans ma gorge.

— Les familles sont liées depuis toutes ces années rien qu'avec le contrat de mariage. Nous n'avons pas besoin d'un vrai mariage pour consolider les choses.

— Assez, dit mon père en agitant une main. Je t'envoie à Las Vegas. Tu diras à Nico Tacone de commencer les préparatifs du mariage. Le moment est venu.

Sondra

Après trois jours de vacances de luxe aux frais de Nico Tacone, je décidai qu'il était temps de retourner au travail. Et j'étais pleinement consciente de ce que ça signifiait.

Il m'avait avertie, en détail.

Il avait également tenu parole et ne s'était pas approché. Aucun contact, à moins de compter qu'il avait parlé à Corey. Mais je n'avais aucune piste pour un boulot et celui-là était mieux que rien.

Oh, je ne trompais personne. Retourner au travail signifiait que j'avais décidé de m'offrir tel un sacrifice virginal à Nico Tacone.

Il était pour moi comme une addiction. Je voulais rester à distance, vraiment. Je savais que c'était ce qu'il fallait faire. Mais il était trop dur de résister à l'excitation produite par la pensée de le revoir. Je voulais être de nouveau près de lui, crépiter et brûler sous la flamme de son désir pour moi.

Démissionne de ce boulot. Retourne dans le Michigan. Utilise ton diplôme, protesta la voix de la raison.

À moi, dit *la Voix du Mal*, donnant un coup de patte dans les airs en direction de la suite de Nico avec des griffes de chat.

Alors je me pointai au boulot et chargeai mon chariot d'entretien comme si rien ne s'était passé.

— Vous vous sentez mieux ? demanda Marissa.

— Ouais. C'était un virus intestinal.

Je me sentais un peu coupable de lui mentir, mais que pouvais-je faire ? La véritable histoire était trop bizarre pour en faire part à qui que ce soit d'autre que Corey.

J'espérais qu'elle allait se remettre bientôt de ce qui s'était passé avec Dean. Elle était venue dans la suite la nuit où c'était arrivé et nous avions bu deux bouteilles de vin jusqu'à maudire tous les hommes et jurer de ne plus jamais laisser l'autre sortir avec un loser.

Ce qui, bien sûr, signifiait que Corey avait essayé de me dissuader de mon engouement pour Tacone. Alors maintenant je devrais faire face à son jugement en plus des problèmes que j'aurais aujourd'hui. Mais elle serait là pour ramasser les morceaux.

Peut-être que c'était la leçon dans tout ça. Je choisissais des hommes merdiques, mais il y avait des gens dans ma vie qui m'aimaient et qui feraient tout pour moi. C'était un cadeau en soi.

Je nettoyai les autres suites d'abord. Dans la deuxième, je tombai sur les gars que j'avais vus le premier jour.

— C'est elle, marmonna l'un d'eux à l'autre alors qu'ils s'en allaient et que j'entrais.

— Laquelle ?

— La femme de chambre qui obsède Nico.

La porte se referma. Ce n'était pas vraiment des nouvelles fraîches. Je savais qu'il avait un faible pour moi. Mais l'entendre de la bouche d'un étranger rendait ça plus solide. Plus réel. Plus excitant. J'avais le pas léger alors que je faisais le ménage.

Quand j'eus terminé, j'allais dans la suite de Tacone. Il n'était pas là, ce qui était assurément pour le mieux. C'était un sursis à l'exécution. Alors pourquoi étais-je déçue ?

J'avais presque terminé la dernière pièce quand j'entendis la carte magnétique de Tacone dans la serrure électronique.

Ma gorge se serra.

Tacone entra tranquillement et son regard se focalisa sur le chariot d'entretien, puis pivota vers moi. À l'instant où nos yeux entrèrent en contact, un électrochoc pur me parcourut.

Il y avait de la satisfaction dans le petit sourire suffisant de Tacone, et une sombre promesse dans ses yeux.

Il s'approcha d'un pas raide.

— Je t'ai prévenue de ce qui se passerait si tu revenais, non ?

Sa voix était rauque, affamée.

Je soutins son regard.

— Vous m'avez prévenue.

Il me rejoignit, secouant la tête.

— Tu l'auras cherché.

Il me souleva par la taille et me posa sur le haut tabouret

collé au bar à petit déjeuner. Je tendis la main vers sa ceinture, mais il m'attrapa le poignet.

— Non, je suis aux commandes, bébé. Je décide quand et comment je vais te baiser. Si je vais satisfaire mon fantasme de te prendre sur ce chariot d'entretien, ou t'ordonner de refaire ces couettes et te prendre dans la douche.

Il glissa ses paumes sur mes jambes nues, remontant ma robe au passage. Quand ses pouces atteignirent ma culotte, il les glissa légèrement sur le tissu au niveau de l'entrejambe, me taquinant.

Mon ventre se resserra sur du vide. Je saisis ses bras pour m'empêcher de tomber en arrière.

— C'est ça, mon sucre d'orge. Accroche-toi bien. Parce que cette fois je ne vais pas me retenir.

Le son qui sortit de ma gorge était méconnaissable.

La jointure de son doigt frôla mon clitoris, entrant à peine en contact, me rendant folle.

— M'as-tu apporté cette chatte pour que je la baise ? Tu savais que je la remplirais, cette fois, n'est-ce pas ?

C'était obscène et grossier, mais, que Dieu me vienne en aide, j'adorais ça. Seigneur, si Tanner m'avait un jour parlé comme ça, je lui aurais ri au nez. Mais Tacone réussissait parce qu'une confiance en soi sexuelle suintait de lui.

Ma tête oscilla alors que j'acquiesçais.

C'était ce qui m'avait ramenée ici. Je voulais un autre orgasme signé Nico Tacone. Je devais juste me rappeler de garder mon sang-froid et de ne pas laisser mon cœur s'impliquer. Et éviter d'assister à quoi que ce soit d'illégal qui pourrait me mettre en danger.

Ouais, j'étais stupide. J'étais une petite idiote excitée certaine que ce serait le meilleur coup de ma vie.

Il glissa un pouce sous l'entrejambe de ma culotte.

— Hum hum. Tu mouilles pour moi, n'est-ce pas ?

Je suppose que j'étais plus prête que je ne l'avais jamais été, parce qu'il glissa son pouce directement en moi sans aucune préparation nécessaire. Il grogna, ses paupières s'abaissant.

— *Bambina*... ton sexe occupe la moindre de mes pensées depuis le jour où je t'ai surprise ici, dit-il en me tenant par la taille, me penchant en arrière et en remuant son pouce. Tout le casino est rempli de culs, mais je ne veux que le tien.

Ma tête tomba en arrière. Je tenais en équilibre du bout des fesses, arquée sur son bras, le haut de mon corps retenu par ma prise sur ses avant-bras.

— Et c'est pour ça. Putain, tu es tellement *tentante.* Si *réceptive.*

Son visage se tordit comme si ça lui faisait mal de ne pas être en moi.

Je me tortillai, voulant le prendre plus profondément, avoir plus de friction. Son pouce ne suffisait pas.

— Fille avide. Tu veux que je te baise bien ?

— Oui, s'il vous plaît.

Il poussa un bref rire peiné.

— Et putain, tu dis *s'il vous plaît.* À chaque fois. Tu es la fille la plus douce que j'ai jamais eue, dit-il en retirant son pouce et en me descendant du tabouret. Retourne-toi, *bambina.*

Je fis volte-face et posai les avant-bras sur le tabouret, présentant mon postérieur. Il descendit ma culotte d'un coup sec et l'enleva avant de frapper mes fesses.

Je n'aurais jamais cru que la douleur serait mon truc, mais après cette fessée qu'il m'avait donnée la dernière fois, non seulement j'étais prête pour ça, mais j'en avais une folle envie. Il m'administra une fessée, et une autre. À chaque fois, c'était un choc douloureux, une éruption de plaisir. Je me noyais dans les sensations, tombant de plus en plus profondément dans un abîme de luxure et de désir.

— S'il vous plaît, gémis-je.

Il jura sèchement.

— Pousse les fesses en arrière, beauté.

Elles étaient déjà tendues, mais j'essayai de me cambrer encore plus. J'entendis le bruit sec d'un emballage de préservatif et j'attendis alors qu'il déroulait la protection. Il frotta le gland de sa verge le long de ma fente.

Je me poussai vers lui, essayant de l'attirer en moi. Je ne pouvais pas supporter une seconde de plus cette taquinerie. J'avais besoin d'être satisfaite.

Il me pénétra d'un coup de reins dur et le tabouret faillit basculer avant de se redresser.

— Putain, fit-il.

Il ressortit et je faillis pleurer. J'avais dû geindre, parce qu'il tenta de m'apaiser.

— Ça va, *bambina.* Pose-toi sur l'accoudoir du canapé là-bas. J'ai besoin de te baiser bien plus fort que je ne le peux ici.

Je chancelai jusqu'au canapé et il me poussa sur l'accoudoir et me frappa encore les fesses.

— Bon sang, tu es tellement parfaite avec l'empreinte de mes mains sur les fesses, Sondra Simonson.

Je ne savais pas pourquoi il disait toujours mon prénom et mon nom, mais j'adorais ça. Ça me donnait l'impression d'être quelqu'un de célèbre. Une star de cinéma ou une super-héroïne. Comme promis, il me ramona si profondément que j'en criai.

Il resta là, prenant mon menton pour me relever la tête.

— Ça va ?

Il vérifiait comment j'allais. Sa manière de parler était

peut-être intimidante, mais Nico était attentionné. Quand il ne pointait pas un flingue sur la tête de quelqu'un.

Je m'arquai en arrière.

— Ouais.

Il ne bougea pas.

— Ouais, quoi ?

Mon esprit s'embrouilla, incertain de ce qu'il voulait.

— Oui, monsieur ?

Il émit un petit rire.

— Bébé, continue à m'appeler *monsieur* et tu seras baisée jusqu'à demain. Demande-moi ce que tu veux. Je veux t'entendre redire s'il vous plaît de cette petite voix douce qui me contracte les bourses.

— S'il vous plaît, Nico.

— Putain.

Il se retira puis s'enfonça de nouveau en moi, me coupant le souffle sous la force du coup. C'était trop brusque, trop dur, mais je ne me plaindrais pas même si ça me tuait. Ça semblait si approprié. C'était tellement bon. Il me prenait fort, son bas-ventre frappait mon postérieur comme une seconde fessée alors que son membre s'enfonçait profondément dans mon sillon détrempé.

— S'il vous plaît.

Maintenant que je savais ce qu'il voulait, ce qui le rendait fou, je n'allais pas cesser de le dire.

Il jura de nouveau et me serra les poignets, attirant vers lui le haut de mon dos alors qu'il me pilonnait.

Je gémis, mais j'écartai plus largement les jambes. Je m'efforçais de détendre mes muscles pour mieux recevoir la force entière de ses coups de reins. J'avais perdu l'esprit. Je n'avais même pas encore joui, mais j'étais propulsée dans l'espace. Non, un endroit encore meilleur que l'espace. L'endroit sans pensée. Celui du plaisir seulement. Du plaisir seul, mature, succulent, satisfaisant et foudroyant.

— Oui, Nico, *s'il vous plaît,* implorai-je.

— Arrête de me supplier, bébé, dit-il, la voix rauque. Arrête de me supplier ou je ne vais pas tenir une... putaiiiiiin.

Il s'enfonça profondément et ses hanches eurent un soubresaut contre mes fesses quand il se mit à jouir.

D'une manière ou d'une autre, il avait encore les ressources nécessaires pour se souvenir que je n'avais pas encore joui et il souleva suffisamment mes hanches du canapé pour passer sa main sous moi et frotter mon clitoris.

J'explosai, des feux d'artifice explosant devant mes yeux, mon corps convulsant sous son contact brusque.

Sa verge me remplissait, je dansais contre ses doigts pendant de longs instants... pendant une éternité. Puis ce fut terminé et j'oubliai comment respirer.

Je m'écroulai sur l'accoudoir du canapé, la vision obscurcie. Non, mes yeux étaient fermés. Je ne sais pas combien de temps je restais avachie comme ça, mais Nico se retira doucement et ça me réveilla.

— Viens là, bébé. On va te laver.

Il me fit pivoter vers lui. Je pouvais à peine me tenir sur mes deux jambes. Je ne pouvais absolument pas me concentrer.

Son sourire était indulgent juste avant qu'il ne se penche et ne place son épaule contre ma hanche. Puis je me retrouvai dans les airs, balancée sur son épaule, mes fesses nues vers le ciel. Il leur donna une tape alors qu'il me portait vers sa salle de bains. Il me tenait comme un sac à patates alors qu'il ouvrait l'eau de la douche, puis me posa et me retira ma robe.

— Je voulais te baiser là-dedans, petite fille. Le premier jour où je t'ai trouvée à faire le ménage. Je t'ai mise dans la douche et je me suis retenu de me déshabiller pour te suivre, dit-il en se déshabillant maintenant alors que je me tenais là, toujours comme une poupée de chiffon. C'était totalement dépravé. Puis je t'ai entendue pleurer, et je me suis senti encore un plus gros connard.

Je ne savais pas quoi dire, parce que c'était bel et bien dépravé qu'il ait voulu me baiser après ce qu'il avait fait. Et pourtant, l'entendre le dire ne fit que m'apporter ce frisson de puissance que je ressentais à chaque fois qu'il disait à quel point il me désirait.

Cet homme incroyablement riche, puissant et dangereux pensait que j'étais sa faiblesse.

Cette puissance me donnait le tournis.

Et me rendait idiote. Parce que ce n'était qu'une affaire de sexe. C'était une passade, pour je ne savais quelle raison. Et j'aurais bien fait d'être prudente ou je pourrais me retrouver vraiment en danger.

— Vous n'allez pas vraiment me garder prisonnière ici.

Je le prononçai comme une affirmation, mais c'était plutôt une question. Je devais le lui demander, maintenant que mon cerveau fonctionnait à nouveau et que l'adrénaline de la peur commençait à revenir.

Il ferma les paupières à demi, me poussant sous le jet d'eau et me suivant à l'intérieur. Je me retrouvai clouée contre le mur d'un magnifique marbre italien et ses mains glissèrent sur mes seins, sur ma taille.

— Vais-je te laisser partir ? C'est discutable. Pas avant de t'avoir baisée au moins encore une fois.

Mon anxiété s'effaça. Il n'était pas fou. Il ne m'attacherait pas vraiment au lit… pas si je ne le voulais pas. Pas cet homme qui s'était arrêté pour s'assurer que j'allais bien quand j'avais gémi pendant l'acte sexuel.

Je ne l'avais pas cru, mais il avait fallu que j'en sois sûre.

Il attrapa un pain de savon, le fit mousser dans ses deux

mains et passa la mousse sur mes épaules, puis sur mes seins. Il savonna mon ventre, descendit sur mes cuisses, puis me retourna et s'occupa de mon dos, de mon postérieur.

Il commença à me caresser la raie des fesses.

Mes jambes, déjà instables, commencèrent à trembler. C'était à la fois gênant et excitant que mon anus soit aussi minutieusement nettoyé, massé et caressé.

— Je parie que ce cul succulent n'a jamais été baisé.

Je me raidis, parce que, ouais, j'étais totalement vierge par là et ça ne m'intéressait pas de le lui donner.

Il passa la main vers l'avant de mon corps et prit mon pubis en coupe, caressant très légèrement la chair tendre.

— Tu as peur, dit-il en approchant ses lèvres de mon oreille avant de me la mordiller. Ça ne devrait pas m'exciter.

Mes genoux se bloquèrent et j'éloignai mes hanches de lui. Je ne voulais vraiment pas ça. Surtout pas quand on aurait dit qu'il voulait me forcer.

Il me retourna vers lui et mit sa main autour de ma gorge. Il ne serra pas, le geste servait simplement à me tenir immobile pour m'embrasser durement. L'eau coulait sur mon visage, entre nos lèvres. Il déplaça sa bouche sur la mienne, faisant pénétrer sa langue, ses lèvres me dévorant, changeant d'angle.

Après un instant, je me détendis contre lui, ouverte à l'assaut.

Ses mains glissèrent vers mes fesses, les pressant, les étreignant et les massant alors qu'il continuait à m'embrasser.

Sa verge durcissait contre mon ventre.

— J'ai encore besoin de toi, *bambina*. Vas-tu me la donner comme une gentille fille ?

Ces mots n'auraient pas dû m'exciter, mais ils le faisaient. Mon intimité se contracta, mon périnée se souleva. J'enroulai une jambe autour de sa taille et l'invitai à l'intérieur.

Il grogna contre mes lèvres.

— J'ai oublié d'apporter un préservatif, dit-il en retirant ma jambe de sa taille avant de me pousser contre le mur de la douche. Change de position et ton cul deviendra rose sous la fessée. *Capiche* ?

— Ouais.

J'en avais le souffle coupé.

Il se pencha et m'embrassa de nouveau, fort, ses lèvres impérieuses.

— Si sucrée.

Puis il pointa un doigt d'avertissement vers moi alors qu'il sortait en reculant de la douche. C'était un geste qui fit flancher mes genoux. À cause de ça, ses ennemis se faisaient probablement dessus et ses subalternes se soumettaient.

Il fut de retour un instant plus tard, déroulant déjà le préservatif. Il se pressa contre moi, appuyant son front contre le mien, faisant glisser sa verge entre mes jambes.

— Tu es trop endolorie pour ça ?

La revoilà… la considération. Je ne savais pas pourquoi elle me surprenait toujours. Je supposai que c'était parce que le reste du temps il pouvait être tellement sévère. C'était si séduisant, ce mélange de connard et de tendresse. Ça le rendait plus qu'attirant.

J'étais trop endolorie, mais je ne pouvais pas refuser davantage de sexe. Pas parce que je ne voulais pas le décevoir. Parce que j'en avais besoin. Même avec les orgasmes qu'il m'avait déjà donnés, j'avais envie de plus. Je voulais savoir comment cette scène se terminerait.

— Pas trop endolorie.

Ma voix semblait éraillée.

Il enfonça son pouce dans ma bouche et je le suçai.

— Je ne donne pas dans la gentillesse, *amore*. Tu ferais bien de t'en souvenir.

Il retira assez son pouce pour que je réponde.

— Est-ce que vous me prévenez encore ?

Il m'écarta les pieds, puis souleva ma cuisse, mais au lieu de la mettre sur sa hanche, là où elle était avant, il frappa ma vulve.

Je hoquetai. Mes mamelons étaient durs comme des diamants.

Il me frappa encore entre les jambes. C'était une sorte de punition, mais je n'étais pas sûre de la raison. Ou peut-être qu'il aimait juste me faire mal.

Ça ne m'aurait pas surprise que le baron de la mafia soit un sadique. Son monde n'était que crime et violence.

Puis sa bouche fusionna avec la mienne et il aligna sa verge devant ma vulve.

— Prends-la, alors.

Sa voix était rauque et profonde. Il donna un coup de reins, me remplissant.

Je lançai mes bras autour de ses épaules et griffai sa nuque. Il me haussa, attrapant mon autre jambe, qui touchait encore le sol. Je l'enroulai autour de sa taille et il m'attrapa sous les fesses pour me soutenir.

— Tu vas bien chevaucher ma bite, *bambina* ?

Mon intimité se resserra, alors même que j'étais offensée. Était-ce la manière dont il parlait aux putes qu'il utilisait habituellement ?

Mais j'oubliai ma colère l'instant suivant parce que, tout en me pilonnant, il commença à marmonner contre mon cou.

— Si douce. Tellement bonne, putain. Ce sexe pourrait sauver un homme, je le jure devant la *Madonna*.

Le haut de mon dos était appuyé contre le mur de la douche et Nico guidait mes mouvements, me soulevant et m'abaissant alors qu'il dirigeait l'angle de ses coups de reins en moi.

La chaleur de l'homme et la vapeur, combinées à l'acte sexuel frénétique, me donnaient le vertige.

Nico était brusque, aucun doute là-dessus. Je n'avais aucun contrôle sur nos mouvements, il pilotait et il savait exactement ce qu'il voulait et ce qu'il faisait. Mes gémissements devenaient de plus en plus aigus, puis je me serrais autour de sa verge, lui tapant l'épaule.

— Ne jouis pas, ordonna-t-il. Putain, ne jouis pas avant que je ne te le dise.

Encore une fois, je me sentais insultée. Je ne savais pas si c'était censé être sexy ou s'il était despote à ce point. Sauf que c'était sexy. Tellement sexy que je ne pouvais m'empêcher de lui obéir, juste parce que je devais savoir quelle serait la récompense de mon obéissance.

Juste parce que j'étais désespérée d'obtenir ma récompense.

Nico haletait, me pénétrant plus fort et plus vite, me pressant contre la faïence froide, son début de barbe éraflant et grattant mon cou.

Il déplaça une de ses mains, effleurant la raie de mes fesses, et je sursautai lorsqu'un éclair de sensations crépita à travers moi.

Mon cœur battait trop vite, trop fort. J'avais trop chaud… j'avais peur de m'évanouir à cause de la vapeur et du sexe. Il continua à effleurer mon anus avec l'extrémité du doigt, et la sensation m'enflamma.

Un grognement sourd résonna contre les murs de la douche et ses mouvements devinrent saccadés. Il marmonna une série de jurons obscènes, à moitié en anglais, à moitié en italien. Puis il rugit et s'enfonça profondément en moi, mordant mon cou alors qu'il jouissait.

Au même moment, l'enfoiré pénétra mon anus avec l'extrémité de son doigt.

J'aurais voulu détester ça, mais c'était tellement bon ! La sensation entre mes fesses était affreuse et incroyable. Je partis comme un coup de feu, jouissant sur sa verge épaisse alors que son doigt entrait doucement avec un léger mouvement de va-et-vient.

Je m'étouffai sur un cri étranglé, le serrant assez fort entre mes cuisses pour lui briser les hanches alors que mon sexe palpitant enserrait sa verge pour en extraire jusqu'à la dernière goutte.

Et quand ça s'arrêta, j'étais dévastée. Un sanglot bas sortit de ma gorge. Des larmes me piquaient les yeux, mais ce n'était dû qu'au plaisir. Au plaisir incroyable, bouleversant et orgasmique.

Tacone susurra quelque chose en italien et coupa l'eau. Il me porta hors de la douche luxueuse et drapa une serviette sur mon dos humide.

Je remarquai à peine ce qui se passait. Mon corps était inerte et mon esprit n'était pas revenu de mon voyage dans l'espace.

Nico me coucha sur le dos dans son lit géant et m'enroula les extrémités de la serviette au-dessus de la poitrine. Puis il s'écroula près de moi. Avant que mon esprit n'ait éclairci le brouillard qui s'élevait, ses ronflements remplirent la pièce.

Je supposai qu'une bonne séance de sexe était toujours le remède à l'insomnie.

Souriant, je m'éloignai doucement de lui et sortis du lit, puis je trouvai mes vêtements dans la salle de séjour et m'habillai.

Je n'avais pas terminé de faire la poussière, mais je laissai tomber. J'étais presque sûre qu'il ne me signalerait pas.

En fait, peut-être qu'il me punirait.

Et cette pensée me fit sourire encore plus largement.

Je poussai mon chariot à l'extérieur de la suite. Tony, son

garde du corps baraqué, sortait de l'ascenseur et se dirigeait vers la chambre de Nico.

— Est-ce que M. Tacone est là ? demanda-t-il.

— Oui, mais il dort.

Tony s'arrêta net, puis se retourna pour me faire face, l'intérêt brûlant dans son regard. Il examina mes cheveux humides, mes joues rouges. Je l'ignorai, pressant plusieurs fois le bouton d'ascenseur.

Tony s'adossa à la porte de Nico.

— Vous avez quelque chose à voir avec le fait qu'il dort ?

Je haussai les épaules, mais n'empêchai pas un sourire de flotter sur mes lèvres.

— Peut-être.

Tony secoua la tête. Je pensai qu'il allait dire quelque chose d'insultant, mais au lieu de ça il souffla :

— Putain, quel soulagement !

L'ascenseur tinta et les portes coulissèrent. Je me précipitai à l'intérieur avec mon chariot, impatiente d'appeler Corey pour tout lui dire.

CHAPITRE SEPT

Nico

J'avais le pas allègre en traversant mon casino le jour suivant. J'avais dormi seize heures et je m'étais réveillé avec une érection suffisamment dure pour enfoncer un clou. Mais je ne m'étais pas permis de me masturber, parce que maintenant que j'avais enfin plongé ma queue dans le petit sexe étroit de Sondra, rien d'autre ne ferait l'affaire.

Je savais que ce serait comme ça.

Elle ferait mieux de ne pas fuir, parce que je n'allais pas la laisser échapper à mes griffes maintenant.

La première chose que j'avais faite en me réveillant avait été de m'assurer qu'elle n'avait pas quitté la suite dans laquelle je l'avais mise. Ce n'était pas le cas. Et son badge d'employée se trouvait dans sa chambre, alors il y avait de bonnes chances pour qu'elle soit là, dormant encore.

Tout semblait parfaitement en ordre au casino. Les choses continuaient sans moi. Je m'arrêtai au service financier pour vérifier les recettes de la nuit précédente, et commençai à répondre aux quarante-sept textos que j'avais reçus pendant que je dormais comme un ours en hibernation.

Pendant ce temps-là, j'étais affamé.

Et sans savoir comment, je me retrouvai au huitième étage, debout devant la suite où j'avais installé Sondra. Je sortis ma carte magnétique.

J'étais un connard de premier ordre de ne pas frapper. Je n'agissais absolument pas comme le gentleman que ma mère avait élevé. Mais je ne pouvais pas nier le plaisir que ça m'apportait, cette pure sensation de puissance et de possession, de glisser ma carte dans la serrure et d'ouvrir la porte.

Désolé, bambina. *Je t'avais prévenue que j'étais source d'ennuis.*

Ce fut un autre fichu rêve érotique, parce que je découvris Sondra en culotte et soutien-gorge, se tenant devant le miroir de la salle de bains. Elle redressa brusquement la tête sous la surprise, mais je ne lui donnai pas l'occasion de dire quoi que ce soit, parce que j'allais à grands pas vers elle comme un homme affamé se dirigeant vers son prochain repas.

C'était un ange, ses lèvres charnues s'entrouvrant sous la surprise, ses yeux bleus écarquillés, mais pas effrayés.

Non, ils étaient confiants.

Et j'aurais dû retrouver suffisamment de bon sens pour avoir un peu de décence, pour la traiter avec respect et courtoisie.

Mais à la place, cela ne fit que nourrir mon désir assoiffé de pouvoir.

Elle allait me le permettre.

Encore une fois.

C'était écrit partout sur son visage.

Je portai le coup de grâce. J'enroulai ses cheveux soyeux dans mon poing et tirai sa tête en arrière pour l'embrasser au moment où je moulai mon corps contre le sien.

Elle s'offrait. Ses lèvres bougeaient contre les miennes, et j'aurais pu jurer devant Dieu qu'elle avait poussé son bassin à ma rencontre.

— Bébé. Tu es trop belle.

Je fis pénétrer ma langue dans sa bouche plus fort, avec plus d'insistance. Je la fis reculer contre le lavabo de la salle de bains et posai ses douces fesses dessus.

— Tu vas encore écarter les jambes pour moi, chérie ? Je suis déjà accro à ton sexe.

Elle écarta les cuisses, tendit ses seins vers moi.

Je grondai et abaissai les bonnets de son soutien-gorge pour jouer avec ses mamelons.

— J'ai pioncé toute la nuit. Depuis le moment où tu es partie jusqu'à six heures ce matin.

Elle n'avait probablement aucune idée de ce dont je parlais… comment aurait-elle pu savoir que je ne dormais pas depuis des mois ?

Mais elle sourit… comme si elle était sincèrement heureuse de l'entendre.

— Je sais.

Elle avait en fait l'air suffisant. C'était si adorable que j'essayai d'aspirer ses lèvres en l'embrassant.

Je plaçai la pulpe de mon pouce entre ses jambes et caressai le minuscule carré de satin me séparant du paradis.

— Comment va ta douce petite chatte aujourd'hui ? Toujours endolorie ?

Elle prit sa lèvre inférieure entre ses dents, ma verge gonflée en devint rigide.

— Ouais.

— Tu vas me laisser y retourner quand même ?

Elle ne répondit pas, alors je me penchai et passai la langue sur son mamelon.

— Tu as besoin d'être convaincue d'abord ?

Elle enfonça ses doigts dans mes cheveux.

— Ouais.

Challenge accepté. Je n'arrivais toujours pas à me sortir de la tête ses petits *oui, s'il vous plaît* d'hier. J'avais hâte de faire en sorte qu'elle me supplie encore d'obtenir satisfaction.

Je continuai à caresser légèrement et lentement sa culotte pendant que je suçais et pinçais son mamelon droit. Il pointait, il était dressé depuis que j'étais entré.

— Bambi, tu as la meilleure paire de nichons du Nevada. Probablement la seule vraie paire aussi.

— Ceux de Corey sont vrais.

— Ceux de Corey ne sont pas aussi sexy que ceux-là.

Je ne voulais pas que ma nana se compare à sa cousine. Peut-être que ce n'était pas le cas ; je ne savais pas vraiment. Mais Corey avait une beauté exotique qui pouvait rendre certaines filles envieuses. Ça ne me faisait rien. Sondra était mon modèle nouveau et unique pour la femme parfaite. Intelligente, sexy, étrangement douce. Un peu coquine. Bien trop gentille.

Le besoin de la posséder me submergeait. Je voulais la retourner et la prendre durement par-derrière, mais je baissais d'un cran. J'avais de grands projets qui impliquaient qu'elle supplie et implore mon nom.

Je passai à son mamelon gauche. Sa culotte devenait humide sous mon pouce. Je le glissai à l'intérieur et tapotai son clitoris.

Sa bouche se referma avec un claquement de dents et elle projeta la tête en arrière.

— Tu aimes ça ?

Elle balança son bassin en avant.

— Hum ?

— Uh huh.

— Tu as besoin de ma langue entre tes jambes ?

— Hum...

Elle ramena ma bouche vers son mamelon.

— Je pense que oui. Écarte plus largement les jambes, Sondra. Et écarte ta culotte pour que je puisse te goûter.

Ses cuisses s'ouvrirent brusquement.

Je jure devant Dieu que je n'aurais jamais cru me retrouver à genoux pour une fille. Maintenant deux fois en deux jours je m'étais contorsionné mon corps pour atteindre ce sexe magique. J'aurais fait carrément n'importe quoi rien que pour le goûter encore une fois. Je lançai une serviette pliée par terre et me laissai tomber, attirant sa vulve pile contre ma bouche.

Deux coups de langue et elle se mit à gémir, me tirant les cheveux. Elle mouillait terriblement, et ce n'était pas seulement à cause de ma langue. Je tapotai son clitoris pendant que je tendais la langue pour la pénétrer. Puis je la léchai le long de la vulve, suivant ses petites lèvres. Quand ma bouche aspira enfin son clitoris, elle hurla.

— S'il vous plaît, Nico !

Elle serra les cuisses autour de ma tête.

— C'est ça.

Je ne pouvais plus attendre. Je me levai et la descendis du lavabo, la retournai pour qu'elle soit face au miroir.

— Pousse les fesses en arrière pour moi, petite fille.

Elle obéit.

Je descendis sa culotte d'un coup sec, la retirai et écartai plus largement ses jambes. Mon impatience était telle que j'aurais voulu que le préservatif soit déjà enfilé.

— Pince tes mamelons, ordonnai-je alors que je le déroulais sur mon membre.

Je pus regarder son visage dans le miroir quand j'entrai en elle : la manière dont sa bouche s'adoucissait, dont sa mâchoire retombait. Le papillonnement de ses cils alors que ses yeux se révulsaient. Je la remplis lentement, pénétrant centimètre après centimètre son étroit fourreau.

Elle geignit et cambra davantage le dos.

— Est-ce que ça fait mal ?

— Non, répondit-elle avec ce qui ressemblait encore à un gémissement. J'en ai tellement envie.

Ah, merde. Elle n'aurait pas dû dire ça. Parce que maintenant je ne pouvais plus me retenir, même pas une seconde. Je saisis ses hanches et commençais à la prendre comme si c'était la fin du monde. Je fus prudent et empêchai l'avant de son bassin de heurter le lavabo en marbre, ce qui signifiait que je devais maintenir ses hanches éloignées. Ça ne suffisait pas. Je ne pouvais pas frapper assez fort, je ne pouvais pas la pénétrer assez profondément.

Je passai un bras autour de sa taille pour que ses hanches heurtent mon bras au lieu du plan de travail et alors je pus la baiser aussi fort que j'en avais besoin.

Ma vue devenait floue, mes cuisses tremblaient déjà. Je la percutais, des lumières explosant sous mes paupières à chaque pénétration.

J'avais besoin d'elle.

J'avais besoin de ça.

Tellement.

Je ne pouvais pas m'arrêter. Je ne pouvais pas attendre. Je ne pouvais même pas…

Je me mis à rugir, le sperme jaillissant de ma hampe. Je m'enfonçai profondément en elle et restai là, mes lèvres contre l'arrière de sa tête.

Bon sang, c'était tellement bon que j'oubliais complètement de la satisfaire.

Heureusement, elle le fit elle-même, parce que son sexe commença à se contracter en courtes salves de perfection, enserrant ma verge.

Je pourrais mourir ici même et être heureux.

J'étais un homme matériellement comblé, sans une once de plaisir dans sa vie. Pas une fichue goutte de bonheur.

Mais à ce moment-là, en cet instant, j'étais plein d'entrain. Je volais, même.

Je fermai les yeux et écoutai mes propres battements de cœur résonner contre son dos. Ils ralentissaient avec sa respiration.

Puis je me sentis reconnaissant. J'embrassai son cou, son épaule, son oreille. Je trouvai sa tempe et y pressai mes lèvres.

— Merci, murmurai-je.

Ce n'était pas mon style de remercier qui que ce soit. Je n'étais pas ce genre de mec.

J'étais le connard qui prenait ce qu'il voulait.

Et je venais de le faire.

Mais maintenant je la remerciais. À ce stade, je ferais tout ce qu'elle me demanderait.

Qu'est-ce qui n'allait pas chez moi, bon sang ?

— Tu veux manger, bébé ?

— Je n'ai pas le temps avant d'aller travailler, murmura-t-elle.

Quelque chose se referma dans mon plexus solaire. Je ne pouvais pas supporter l'idée de l'envoyer travailler après ce que nous venions de faire. Surtout pas travailler pour moi. Surtout pas à faire le ménage. Ma nana ne devrait pas nettoyer des chambres pour gagner sa vie. C'était une fichue professeure.

J'avais peut-être une légère obsession pour elle se pavanant dans ma suite dans cette petite robe rose moulante, mais ça me paraissait complètement déplacé.

Tout de même, je ne pouvais pas lui proposer de l'argent

contre du sexe à la place. Je n'allais pas faire d'elle une prostituée.

— Tu ne travailles pas aujourd'hui, grondai-je.

Elle se raidit, que ce soit à cause de mon ton autoritaire ou de ce que j'avais dit, je ne pouvais pas en être sûr. Ses cheveux tombèrent sur son visage, le cachant à ma vue.

— Je viens de me faire porter pâle trois jours de suite. Je pense que je ferais mieux d'y aller, dit-elle en levant la tête et en croisant mon regard dans le miroir. Et ne les appelle pas pour moi. Je ne veux pas que les gens sachent que je couche avec le patron.

Ma mâchoire se serra et je me retirai pour me débarrasser du préservatif. Le point dans mon plexus solaire se serra plus fort. Rien n'allait là-dedans, mais je n'arrivais pas exactement à trouver comment arranger ça. Et j'avais même eu une nuit correcte de sommeil. Merde, cette fille me rendait fébrile.

Je voulais lui dire *tu es virée.* Vraiment. Mais je savais qu'elle avait besoin de cet argent. Et aussi, j'étais un terrible enfoiré égoïste et la pire partie de moi voulait la garder ici, sous ma coupe. Sous ma supervision. J'aimais qu'elle m'appelle son patron, aussi inapproprié que ce soit.

Je boutonnai mon pantalon et sortis mon téléphone de ma poche. J'appelai Samuel, le responsable de l'entretien, pendant que Sondra passait derrière moi et s'habillait.

— Écoutez, je dois vous parler à propos de Sondra Simonson, la femme de chambre qui fait le ménage dans les suites penthouse.

— Oui, monsieur Tacone.

Comment allais-je m'y prendre pour ne pas énerver Sondra ni la gêner ? Ce n'était peut-être pas possible. Samuel allait savoir que je me la tapais.

Je m'assis au bord de son lit pour la regarder s'habiller.

— Je lui fais essayer une nouvelle position.

Je grimaçai quand Sondra se retourna brusquement pour me foudroyer du regard.

— Elle n'aura pas le temps de nettoyer les deux autres suites penthouse. Seulement la mienne. J'ai d'autres tâches d'assistante personnelle et de courses à lui faire faire quand elle sera dans ma suite.

Sondra posa les mains sur ses hanches. Ses lèvres se comprimèrent en une ligne mince.

Je mis le téléphone sur haut-parleur pour qu'elle puisse entendre à quel point Samuel prenait ça calmement.

— Bien sûr, monsieur Tacone. À partir d'aujourd'hui ?

— Oui. Je lui en ai déjà parlé, mais vous pourrez lui dire de se présenter directement à ma suite quand elle arrivera.

— Un changement dans son salaire horaire ?

— Oui, doublez-le.

Samuel se racla la gorge.

— Absolument. Je le ferai savoir aux RH, à moins que vous ne l'ayez déjà fait.

— Je ne l'ai pas fait. Dites-leur de rendre ça effectif aujourd'hui, mais cette nouvelle position est à titre d'essai.

— Compris. La période d'essai durera combien de temps ?

Je ramenai mon regard sur Sondra. Combien de temps pourrais-je la garder ? Combien de temps avant qu'elle ne soit plus maligne et qu'elle ne parte ? Avant qu'elle ne trouve le genre de travail qu'elle méritait ? Avant que je n'arrête de ruiner sa vie ?

— Quatre semaines.

— Merci, monsieur Tacone.

Je raccrochai sans le remercier en retour, parce que j'étais ce genre de connard.

Sondra avait l'air partagée entre l'énervement et les

pleurs. Hélas, c'était une expression que j'avais déjà provoquée sur son visage avant. Plusieurs fois.

Je tendis les bras.

— Viens là, s'il te plaît.

Et voilà, j'avais même dit *s'il te plaît.*

Elle serait probablement venue sans, mais j'essayais de l'apaiser. Elle s'approcha de moi, la méfiance apparaissant dans son expression.

Je l'attirai pour qu'elle se tienne entre mes jambes et caressai ses hanches.

— Il ne pense rien, bébé. Il sait que je clouerais sa queue au mur s'il envisageait seulement de penser quelque chose de ma vie personnelle.

Ses lèvres remontèrent en un sourire réticent.

— Quel est ce travail d'assistante personnelle ?

Je glissai les mains autour d'elle pour prendre ses fesses en coupe.

— Je ne vais pas te payer pour coucher avec toi, bébé. Parce que ce serait une insulte, et je t'ai déjà assez offensée comme ça, dis-je en glissant les mains sur ses cuisses, puis les remontant sous sa robe. Je ne peux tout bonnement pas te laisser aller dans les chambres des autres types. Je devrais les buter pour t'avoir regardée dans cette robe. Et je ferai rougir ton cul sous la fessée si tu as accompli la moindre forme de service pour un autre homme. Même si c'est ton travail. Compris ?

Elle remua, serrant les cuisses l'une contre l'autre comme si je l'avais excitée au lieu de cracher des conneries possessives et irrationnelles qui auraient dû lui donner envie de prendre ses jambes à son cou.

— D'accord, dit-elle. Je suppose que je dois te dire merci.

Je ramassai le téléphone et jetai un coup d'œil à l'heure.

— Alors va pointer, et je vais appeler le *room service.* Qu'est-ce que tu veux pour le petit déjeuner ?

Son visage se fendit d'un sourire éclatant qui me donna envie de me mettre à genoux et de la lécher jusqu'à ce qu'elle hurle encore.

— Des pancakes et du bacon. Et des fruits rouges et de la chantilly. Et la moitié d'un pamplemousse.

Je serrai sa hanche et me levai pour lui donner un rapide baiser. Je voulais gâter cette fille, et qu'elle me laisse le faire cette fois-ci me procurait une satisfaction presque aussi puissante que la posséder.

Sondra

Il ne pouvait pas rester loin de moi. Je n'aurais pas dû en être aussi grisée, mais je l'étais. Je savais que ces montagnes russes se finiraient probablement en désastre, mais je ne pouvais simplement pas en descendre.

Je me dirigeai vers le bureau de l'entretien pour pointer. Bien sûr, Nico me prenait de haut en me gardant comme femme de chambre personnelle. Si j'avais eu de la fierté ou du bon sens, j'aurais ramené mes fesses chez Corey et refusé de jouer à ses fantasmes de baiser la femme de chambre.

Surtout étant donné les regards que m'adressèrent les autres femmes de chambre quand j'apparus.

Putain. Les 6 080 employés du Bellissimo savaient probablement tous que je couchais avec le patron, maintenant.

Je pointai et poussai le chariot d'entretien jusqu'à la suite penthouse de Tacone. Il n'était pas encore là, et je commençai rapidement, voulant finir vite au cas où il voudrait se détendre.

Le *room service* arriva avant lui. C'était gênant de répondre quand on frappa, mais le serveur s'inclina.

— Bonjour, mademoiselle Simonson. Où voulez-vous que je dépose le repas ?

Oh nom d'un chien ! Il avait donné mon nom à son personnel. Je pointai du doigt la table près de la baie vitrée et l'employé le laissa là-bas.

Nico rentra quelques minutes plus tard. J'étais dans sa chambre, faisant le lit.

— Qu'est-ce que tu fous ? demanda-t-il.

J'aurais dû être habituée à ses manières bourrues maintenant, mais je ne l'étais pas. Malgré tout, je balançai mes couettes en me retournant.

— Que veux-tu dire ?

— Je t'ai invitée à petit déjeuner, pas à nettoyer ma putain de chambre.

— Je croyais que ça te faisait prendre ton pied de me regarder faire le ménage.

Ses lèvres tiquèrent. Il tendit la main et mes pieds se déplacèrent pour obéir au geste avant que mon esprit n'ait même envisagé si c'était sage. Je posai la main dans la sienne et il me mena à la salle de séjour et m'avança une chaise.

— Absolument, *bambina*. Mais je ne veux pas que tu aies l'impression d'être une pute.

Son ton était toujours brusque. Impatient. Il ne s'était même pas assis à table avec moi. J'avais l'impression qu'il allait partir.

— Alors je devrais vraiment faire mon travail, non ?

Il soupira.

— Non, rien à foutre. Soyons honnêtes. Je veux que tu sois ma pute. Tu mettras cette tenue et tu te dandineras dans cette suite pour moi, et je te paierai le montant que tu me demanderas… en tant que salariée ou en liquide. Donc maintenant tu sais. Réfléchis à tes honoraires.

Je le regardai fixement, trop stupéfaite pour parler.

— Écoute, je dois y aller… une merde m'est tombée dessus. J'ai de la famille qui arrive en ville ce soir, mais pourrais-je t'emmener dîner demain ?

J'étais abasourdie. Le bon sens me disait de ficher le camp d'ici. Mais *la Voix du Mal* dit :

— Bien sûr.

— Bien. Je viendrai te prendre à dix-huit heures.

Il prit une fraise dans la coupe à fruits et la tendit vers mes lèvres.

Il fut difficile de croiser l'intensité de son regard sombre alors que j'en prenais une bouchée.

Nico tourna la fraise croquée et baissa les yeux dessus, puis ouvrit la bouche et la termina.

Un frisson descendit le long de ma colonne vertébrale. Mais c'était stupide. Ce n'était qu'une fraise. Ce n'était pas comme s'il venait de terminer un rituel mafieux qui me liait pour toujours à lui.

CHAPITRE HUIT

Nico

J'étais comme un chevalier Jedi. J'aurais juré que j'avais senti une ondulation dans la Force quand mon frère était entré dans l'État. Je n'étais plus le roi de ma colline.

Le cador était en ville.

Junior était l'aîné, de dix ans plus âgé que moi, et il faisait flipper à mort. Quand j'étais gamin, il y avait des fois où j'étais sûr qu'il allait me tuer. Il me tenait la tête sous l'eau dans la piscine jusqu'à ce que je commence à m'évanouir, ou s'asseyait sur moi et me frappait les oreilles du plat de la main jusqu'à ce que je fasse tout ce qu'il me demandait. Notre père ne lui disait pas de me lâcher, probablement parce qu'il avait élevé Junior et mes autres frères de la même manière. La violence faisait partie de notre monde. Elle faisait partie de notre vie de famille aussi.

Mais je n'avais jamais passé mes nerfs sur mon cadet. Je faisais attention à Stefano, je le protégeais de nos grands frères, de nos cousins et de notre père. Et en retour, il était devenu pour toujours loyal envers moi. Nous avions trois ans d'écart, mais nous étions proches. Sa foi en moi était probablement la raison pour laquelle j'avais eu le courage d'essayer de faire mieux que de suivre les traces de mon père.

Et je minimisais mon succès aux yeux de la famille depuis. Parce que la dernière chose que je voulais, c'était que le reste d'entre eux envahissent mon territoire.

Alors l'arrivée de Junior me rendait nerveux.

J'avais envoyé Tony les chercher à l'aéroport dans une limousine et il m'envoya un texto pour me dire qu'il était en chemin pour le casino. Je descendis vers l'entrée pour les accueillir personnellement, parce que la famille recevait un traitement royal.

Mes employés me saluèrent avec déférence. Les voituriers et les chasseurs cessèrent leur bavardage et se tinrent droits comme de fichus soldats britanniques protégeant la reine.

Quand la limousine s'arrêta, j'ouvris la portière arrière moi-même, aidant ma mère à sortir du véhicule. Je reçus quatre bises, et un tas de salutations avec de grands gestes de la main.

Même en traînant avec les soldats que j'avais emmenés de Chicago – Tony, Leo et mon cousin Sal –, j'étais stupéfait de voir à quel point ma mère était *sicilienne.* Las Vegas avait déteint sur moi, adouci l'air du Vieux Monde qui planait encore sur Junior et ma mère.

Je reçus une étreinte avec une tape dans le dos de Junior. Tony lança les clés au voiturier et s'assura que le chasseur prenait leurs valises dans le coffre. Je les escortai jusqu'à leurs suites de luxe, écoutant tout du long le bavardage de ma mère sur les dernières nouvelles de chaque membre de la famille. Je n'écoutais qu'à demi jusqu'à ce qu'elle dise :

— La fille Pachino est maintenant sortie de l'université, Nico.

Seul un long entraînement à cacher mes émotions au regard scrutateur de mon grand frère m'empêcha de laisser transparaître quoi que ce soit sur mon visage. Nous étions dans l'ascenseur, ce qui rendait tout ça d'autant plus oppressant.

— Ah ouais ? Tant mieux pour elle.

— Tu dois entrer en contact avec Giuseppe, dit Junior. Moi, je l'ai déjà fait.

Les muscles de mon cou se raidirent. C'était le moment. Je m'étais tu sur ce sujet depuis bien trop longtemps.

— Ouais, je vais le faire. Je ne vais pas l'épouser.

Ma mère s'immobilisa et Junior se tourna complètement vers moi.

— Bien sûr que si, putain.

— Tu n'es pas le boss, grondai-je.

L'expression de Junior devint froide et dure. Je l'avais vu tuer en affichant ce même air insensible.

J'enfonçai les mains dans mes poches et baissai les yeux, me forçant à avoir l'air plus agréable.

— Écoute. Je vais en parler à Papa. Je pense que nous pourrons trouver un autre arrangement qui sera tout aussi avantageux pour les Tacone et les Pachino.

Voilà. Je l'avais dit. Et c'était tout ce que j'avais pour ma défense. Je n'avais pas d'autre idée parce que c'était un problème auquel j'avais intentionnellement refusé de penser pendant l'essentiel de ma vie.

L'ascenseur arriva à leur étage et je les escortai.

Junior renifla.

— Tu ferais bien de le faire bientôt, alors. J'ai parlé à Pachino la semaine dernière. Il attend la finalisation.

Je trouvais difficile à croire que Pachino soit aussi impatient quand personne ne m'avait dit un mot là-dessus depuis que la fille avait eu dix-huit ans. S'ils avaient été pressés, ils auraient insisté quatre ans auparavant.

Je passai les doigts dans mes cheveux.

Cazzo.

— Je vais m'en occuper.

— Tu ferais bien.

L'acier dans sa voix était du genre à mettre des hommes à genoux.

Je glissai la carte magnétique dans la serrure de la chambre de ma mère et ouvris la porte.

— Après toi, murmurai-je.

Et c'était reparti pour un rapport à perdre haleine sur tout et tout le monde à la maison.

CHAPITRE NEUF

Sondra

— J'ai changé d'avis, dis-je à Corey, mon téléphone portable coincé entre mon oreille et mon épaule alors que je faisais les cent pas sur le balcon de ma suite du Bellissimo. Je ne veux pas aller à ce rendez-vous.

— O.K., tu n'y es pas obligée, dit-elle patiemment. Tu n'es pas obligée de rester là-bas. Tu n'es pas obligée de travailler là-bas. Je vais venir te chercher tout de suite.

Elle était passée un peu plus tôt après son service et je l'avais mise au courant des dernières nouvelles. Maintenant, je l'appelais chez elle pour lui parler encore un peu.

Je regardai le Strip[1] animé en bas par-dessus le balcon.

— Une folle liaison rapide avec Nico Tacone est une chose, mais sortir avec lui ? C'est une mauvaise idée.

— Je suis d'accord, dit Corey. Alors annule le rendez-vous.

— Je n'ai même pas son numéro de téléphone. Je dois attendre qu'il arrive.

— Qu'est-ce qui t'inquiète vraiment ? Dis-le, même si tu penses que ça a l'air idiot.

Corey me connaissait tellement bien !

— Je n'ai rien à me mettre, laissai-je échapper.

Ce n'était pas vraiment de ça qu'il s'agissait, mais ça semblait symboliser mon dilemme. Je n'étais pas prête à gérer Nico Tacone ni tout ce que ça pourrait signifier d'aller à un rendez-vous avec lui.

Je n'étais absolument pas prête à être la petite amie d'un boss de la mafia. Et je ne devrais sûrement pas coucher avec.

C'était un homme qui portait un flingue dans un holster sous le bras. Un homme impliqué dans le crime et la pègre. Un tueur.

On frappa à la porte.

Merde !

J'étais encore en sous-vêtements, après avoir enfilé et rejeté quinze tenues éparpillées dans la pièce.

— Il est là, chuchotai-je d'un ton urgent au téléphone.

— Dis-lui que tu ne te sens pas bien.

— Mais je mens très mal.

— Dis-lui juste…

La carte magnétique glissa dans la serrure et la porte s'ouvrit en grand. D'accord. Parce qu'il avait une clé et que j'étais maintenant sa possession. Et je n'avais rien fait pour empêcher ça. J'avais été enivrée, même.

Tacone remarqua mon absence de robe et ferma la porte rapidement derrière lui. Ses yeux étincelaient, sombres et sérieux. Il portait le même costume que ce matin, bien coupé pour correspondre à son corps large et puissant.

— Tu n'es pas prête.

Il semblait déçu, comme si j'étais une employée fautive qui n'avait pas suivi les instructions.

— Je-Je… je n'ai rien à me mettre.

J'optai pour la vérité, agitant la main vers le désordre de la pièce où mes vêtements abandonnés pendaient sur toutes les surfaces.

Sa bouche se pinça. Il se promena lentement dans la pièce, comme s'il était le propriétaire. Ce qui tombait sous le sens parce qu'il l'était. Il ramassa une jupe en jean et me la lança.

— Ça et… dit-il en trouvant un chemisier sans manches sur le lit. Ça.

— Écoute, dis-je, mon cœur battant soudain la chamade. Je ne pense pas que ça va marcher.

Ses yeux se plissèrent.

— Trop tard, dit-il en levant le menton. Mets ces vêtements. J'ai une surprise pour toi.

Comme j'hésitais encore, il s'approcha, prit le chemisier et me le passa par la tête.

— Allez. Ça va te plaire, je te le promets.

Je fus presque soulagée que la décision ne soit plus de mon ressort. Il ne me donnait pas le choix, n'est-ce pas ?

Sauf qu'au fond de moi j'étais presque sûre qu'il me laisserait tranquille si j'étais sincère. Il savait quand je racontais des conneries.

J'enfilai la jupe en jean et mes sandales compensées, ce qui fit que Nico regarda mes jambes de haut en bas avec un regard approbateur. Il me donna une tape sur les fesses quand je passai à côté de lui pour aller à la porte. La brûlure et le picotement me firent rougir.

— C'est quoi la surprise ? demandai-je.

Il sourit.

— D'abord, on va dîner. La surprise, ce sera ensuite.

Il m'escorta vers le restaurant situé sur le toit, l'établissement gastronomique du casino. Je tirai sur ma jupe quand nous entrâmes, ne me sentant pas assez habillée.

— Arrête.

Il se pencha et me murmura à l'oreille :

— Tu es magnifique.

Le personnel se précipita pour nous trouver la meilleure table de la maison, qui surplombait tout le Strip et qui pourtant était nichée dans un coin pour avoir de l'intimité. Il commanda un whisky Yamazaki dont je n'avais jamais entendu parler et je demandai le vin rouge de la maison. Il secoua la tête.

— Apportez-lui le pinot Bannockburn 2003.

— Bien sûr, monsieur Tacone.

Tandis que je relevai un sourcil, il me lança un clin d'œil.

— Il est bon.

— Tu connais tes vins.

Il haussa ses larges épaules.

— Je m'efforce de tout savoir sur ce qui est servi, ce qui est dit ou ce qui se passe dans ce casino.

Une pointe de lucidité piqua la base de ma colonne vertébrale. Le refrain qui revenait toujours résonna dans ma tête. C'était un homme dangereux. Il ne fallait jamais l'oublier.

Je le regardai, puis examinai la salle. Je ne savais même pas quel genre de conversation entamer. Lui poser des questions sur son entreprise n'était probablement pas cool, étant donné la manière dont il m'avait fouillée le jour où nous nous étions rencontrés.

Quand mon regard revint vers le sien, il s'y souda. Il me fixait avec cette intensité brûlante qui faisait faire des sauts périlleux à mon estomac.

— Dis-moi tout, Sondra Simonson. Je veux savoir comment tu fonctionnes.

Je ne me laisserais pas avoir par la flatterie aujourd'hui.

— Toi d'abord, le défiai-je. Je ne sais rien sur toi à part

que tu as beaucoup à cacher et un faible pour les filles qui font le ménage.

Il se renfrogna.

— Pas les filles. Juste toi. Et tu n'es pas une putain de fille qui fait le ménage.

— Que suis-je alors ?

Je m'attendais à une définition de notre relation, mais il se renfrogna.

— Tu es une professeure d'histoire de l'art qui d'une manière ou d'une autre est tombée par une trappe dans mon petit coin de l'enfer.

S'il essayait de me faire de nouveau peur, ça ne fonctionnait pas. J'avais dépassé ses menaces. J'étais encore là. Je voulais maintenant connaître le vrai Tacone.

— Dis-moi quelque chose de réel. Pas sur les affaires. Sur toi.

Ses sourcils se haussèrent brusquement.

— D'accord… j'ai un frère venu en visite de Chicago qui me casse les couilles. Je compte les minutes jusqu'à son départ, dit-il en se frottant une main sur le visage. C'est juste entre toi et moi, bien sûr.

— Plus âgé ?

— Ouais, évidemment. Il pense qu'il est le boss de la famille.

— Parce que votre père est en prison.

Quand Tacone me regarda sévèrement, je haussai les épaules.

— Je sais comment taper *famille criminelle Tacone* sur Google.

Son visage se détendit sur un sourire fugace.

— Ouais, exactement.

— Ce doit être dur, tous ces mâles alpha dans une famille.

Il éclata d'un rire profond et riche. Le maître d'hôtel et les serveurs nous regardèrent, surpris, comme s'ils ne savaient pas qu'il était capable de rire. Je devins l'objet de regards curieux.

— Ouais, je suppose. J'aime bien être aux commandes. Je suis le quatrième fils, alors je savais que je n'hériterais jamais du royaume. Je pense que c'est pour ça que j'ai tellement insisté pour me libérer d'eux. Ou me libérer autant que je le pouvais. Hors de l'État, ma propre opération. C'était une fichue nécessité.

— Alors, combien de frères et sœurs en tout ?

— Cinq.

— Leurs noms ? L'ordre ?

Ses lèvres tiquèrent.

— Tu veux vraiment savoir ces conneries ?

Alors que je hochais la tête, il sourit de nouveau.

— O.K., prête attention, dit-il en levant la main pour compter sur ses doigts. Junior est l'aîné. Puis Paolo, puis Gio. Je suis le suivant. Stefano est le dernier. Alessia est le bébé.

— Ta mère tenait à avoir une fille.

Il se remit à rire.

— Exactement. Il est dur de croire que le reste d'entre nous ne l'a pas brisée, n'est-ce pas ?

J'aimais bien la manière dont son visage s'adoucissait quand il parlait de sa mère. Ça me paraissait bon signe. Un homme qui aime sa mère traitera bien les femmes. En tout cas, c'était ce que disait la croyance populaire.

— Elle est ici en visite aussi. Mon frère lui cherche une résidence d'hiver. Je te présenterais bien, mais je t'apprécie trop pour te faire endurer ma famille.

J'aurais pu rire, mais il avait un ton trop sombre dans sa voix.

Nos boissons arrivèrent et nous commandâmes notre repas.

— À ton tour. Dis-moi pourquoi tu aimes tellement l'art, *bambina*.

Je souris.

— Qui peut dire pourquoi il aime quelque chose ? Quand je vois une œuvre magnifique, ça donne d'exaltantes envies à mon cœur. Comme si je voulais posséder la beauté ou l'ingéniosité.

— Tu as déjà voulu être artiste ?

Je secouai la tête.

— Non. J'adore étudier son histoire. C'est fascinant pour moi.

— C'est qui ton artiste préféré ?

Je pris une gorgée de vin.

— Question trop difficile. Je pourrais te dire mon préféré de chaque période ?

— Très bien.

Il me regardait si intensément que je remuai sur mon siège.

— Surréaliste.

— C'est cliché, mais je dois dire Picasso.

Il sourit comme si j'avais donné la bonne réponse.

— Es-tu fan ?

— Moi ? répondit-il en haussant les épaules. Je n'y ai jamais beaucoup pensé. Je ne suis pas sûr que je m'en soucie dans un sens ou dans l'autre.

Son téléphone vibra et il regarda le texto, puis renvoya quelque chose. Il vibra encore.

Il jura et se pinça l'arête du nez.

— Sondra, bébé… veux-tu m'excuser cinq minutes ? demanda-t-il, déjà debout. S'il te plaît, ne pars pas. Je veux vraiment te montrer quelque chose après le dîner.

Il attendit, me clouant d'un regard interrogateur.

Le fait qu'il ait suggéré que je puisse partir m'annonça

que ça prendrait plus de cinq minutes. Je n'appréciais pas l'idée de rester assise ici seule, mais d'un autre côté, c'était un restaurant hors de prix avec une cuisine gastronomique. Je pourrais aussi bien en profiter. Et je serais mauvaise d'en vouloir à Nico de devoir partir. Il avait tout un casino à diriger.

Je hochai la tête. Quand il s'en alla, je sortis mon téléphone pour qu'il me tienne compagnie et le serveur apporta mon plat. Mon estomac se noua quand je vis un texto d'un numéro de Reno. Je n'avais pas programmé son nom dans mon téléphone quand j'avais changé de numéro, mais je savais que c'était celui de Tanner. Il avait enfin dû trouver quelqu'un pour lui donner mon nouveau numéro.

Sondra, c'est urgent. Tu peux garder la voiture, mais j'ai besoin de quelque chose qui est dedans.

Le texto suivant était arrivé une demi-heure plus tard.

Sérieusement. C'est vraiment important.

Puis un autre cinq minutes auparavant.

Genre important comme une question de vie ou de mort.

Je regardai le homard sur mon assiette et perdis l'appétit.

Mince. Tanner avait de la drogue dans la voiture. Ce fait arriva comme le calme dans l'œil d'un cyclone. Mon ex-fêtard et DJ revendait un peu d'ecstasy. En tout cas, c'était ce que je savais. Visiblement, il dealait plus que je ne l'avais compris.

Et la voiture ? La voiture n'était plus là depuis longtemps. Je l'avais fait remorquer à la casse. Enfin, peut-être qu'il pourrait la retrouver et récupérer ce dont il avait besoin, mais j'en doutais.

~

Nico

Je gérais trois idiots aspirants dealers de coke dans mon donjon. Oui, mon sous-sol était un fichu donjon, avec un réseau souterrain de tunnels qui menaient dans la ville. Vous pourriez les appeler *des catacombes*, parce que plus d'un corps y avait été enterré.

C'était des gamins. Jeunes. Stupides. Faciles à effrayer.

Le service de sécurité les avait surpris à faire entrer de la poudre dans ma boîte de nuit. Ils auraient pu appeler les flics, mais je préférais gérer ce genre de merde à ma manière. Une petite dose de peur irait bien plus loin que la menace d'un badge.

Je hochai la tête vers mon jeune cousin Sal, qui péta le nez d'un des gars, puis lui releva la tête en le tirant par les cheveux. Tous trois avaient été tabassés par mes soldats.

— Voici monsieur Tacone, propriétaire du Bellissimo. Il a quelque chose à vous dire.

Le gamin se faisait dessus. Je me rapprochai et le regardai de haut.

— Vous pensez que vous pouvez vendre de la drogue dans mon club ? Dans mon casino ?

— Je suis désolé, monsieur Tacone, balbutia le gars sur la gauche. N-nous ne savions pas qui vous étiez. Que vous possédiez cet endroit. Nous ne reviendrons jamais.

Je réfléchissais. Je pouvais faire de ces garçons mes toutous et les taxer sur leurs profits, mais ils étaient trop jeunes et stupides. Ils ne tiendraient pas longtemps, de toute façon. Je choisis la menace pour leur faire quitter la ville.

— Vous avez une journée pour quitter ma ville. Si nous vous retrouvons ici, vous êtes morts. *Capiche* ?

— Oui, monsieur, oui, monsieur Tacone.

Tous les trois bredouillèrent leurs promesses.

Je hochai la tête vers Sal et m'en allai. J'étais simplement reconnaissant que Junior n'ait pas eu vent de ça ou il en aurait fait tout un plat, juste pour le mélodrame. Non, il était en fait sorti faire ce qu'il avait dit : un achat immobilier avec notre mère. Elle m'avait appelé ce soir pour me dire qu'ils avaient fait une offre et qu'ils retournaient à Chicago le lendemain matin.

En temps normal, je serais peut-être resté pour accorder un peu plus d'attention à ce merdier, mais Sondra était à l'étage, à m'attendre. En tout cas, j'espérais qu'elle m'attendait.

J'avais envoyé Tony chercher sa cousine dans la salle pour qu'elle aille lui tenir compagnie. Je regardai ma montre. *Putain.*

Ça faisait trente minutes que je l'avais quittée. Elle avait probablement terminé son dîner et son dessert, maintenant. C'était fou à quel point il m'importait qu'elle reste dans le coin. À quel point je voulais lui montrer ma surprise.

Je traversai le Bellissimo aussi rapidement que je le pouvais, maudissant le plan d'étage long d'un pâté de maisons qui faisait que la distance était presque d'un kilomètre et demi pour retourner au restaurant sur le toit.

Sondra et Corey étaient encore là, mais j'avais eu raison : elles avaient déjà terminé le dessert et buvaient un café. Et, bien sûr, ma mère et mon satané frère étaient assis à quelques pas de là.

Je serrai les dents. *Cristo*, serait-ce trop demander qu'une chose se passe bien ce soir ?

Je fis un détour vers la table de ma mère et de mon frère et leur servis mon numéro d'hôte le plus expansif. Ils le burent comme du petit-lait, jusqu'à ce que Junior me voie lancer un coup d'œil à la table de Sondra. Puis ses yeux s'étrécirent. Il voyait bien trop de choses, mon frère.

— Si vous voulez bien m'excuser, je dois saluer d'autres

invités, mais mon personnel vous donnera tout ce que vous pourriez désirer.

Ma mère me tendit la joue pour un baiser, mais Junior se contenta de hocher la tête. Je sentis ses yeux sur moi alors que je me dirigeais vers la table de Sondra.

Je devais la sortir de là, parce que je connaissais mon con de frère, il s'assurerait de mentionner ma fiancée s'il suspectait qu'il y avait quoi que ce soit entre Sondra et moi.

Corey se leva alors que je m'approchais, et avança vers moi avec un regard froid. Je fouillai dans ma poche et en sortis un jeton de cinquante dollars que je lui tendis alors que nous nous croisions. Elle le prit sans faire de commentaire.

Mais Sondra semblait contrariée. Elle se leva et tripota la lanière de son sac à main.

Je l'escortai à l'extérieur sans la toucher, parce que je ne voulais pas que Junior ou ma mère en tirent des conclusions. Nous marchâmes en silence, une fine ligne de tension s'étirant entre nous.

Je n'étais pas vraiment du genre à dire que j'étais désolé. Je l'avais fait plus avec cette fille depuis que je l'avais rencontrée que je ne l'avais fait durant toute l'année dernière.

— Je m'excuse…

— C'est bon, dit-elle rapidement.

Ce fut là que je me rendis compte que quelque chose d'autre se passait.

Nous étions devant le restaurant et je m'arrêtai, la faisant pivoter vers moi.

— Qu'est-ce qui te gêne ?

Elle secoua la tête.

— Ce n'est rien.

Je me hérissai et plaçai mon doigt sous son menton.

— *Ne me mens pas, putain.*

Elle pâlit et je fermai les yeux.

Cazzo.

J'avais ramené la violence du sous-sol avec moi. Sondra ne méritait pas ma colère. Ma méchanceté. Elle ne méritait pas les ténèbres constituant ma vie.

Je l'entraînai vers le hall d'ascenseurs et nous en prîmes un pour ma suite, située juste en dessous. Je voulais lui montrer ma surprise, mais ça devrait attendre. Je devais savoir ce qui se passait dans sa tête.

À l'instant où nous entrâmes dans ma suite, je croisai les bras sur mon torse.

— Parle.

Elle se mordilla la lèvre et détourna les yeux.

— Sondra.

J'insufflai de l'autorité dans ma voix. Je savais que je ne devais pas la malmener, mais c'était dans mon sang.

— Je vais peut-être avoir besoin de ton aide. Et je déteste vraiment devoir te la demander.

Le soulagement déferla sur moi. Elle avait un problème que je pouvais régler. C'était ce que je faisais le mieux.

— Tu as besoin d'argent ? Il est à toi.

C'était habituellement le genre de problème que les gens me demandaient de résoudre. Ça, ou ils avaient besoin de protection. Ou requéraient qu'une forme violente de justice soit rendue.

La détresse sur son visage fit vaciller mon assurance.

— Qu'y a-t-il, *piccolina* ? Dis-le-moi.

— Ce n'est pas pour moi. C'est en quelque sorte le problème. Ce n'est même pas pour quelqu'un à qui je tiens, sauf que je ne veux pas qu'il se fasse tuer.

Et là mon cœur se figea en un morceau de ciment dur. C'était à propos de son ex.

— Et sa vie est en danger à cause de moi, alors… je me sens plutôt responsable.

La violence se déversa en moi comme une tornade. Je voulais tuer son *stronzo* d'ex d'avoir eu l'audace de naître.

— Ne me dis pas qu'il s'agit de ton putain d'ex.

Je savais déjà que si.

Ses épaules s'affaissèrent.

— Je suis vraiment désolée.

Sa voix était à peine plus qu'un murmure.

Je m'éloignai d'elle, faisant les cent pas.

— Tu es désolée de quoi ?

— De te demander ça.

Et c'était ce qui me mettait dans une situation délicate. Je ne pouvais pas lui refuser, même si c'était pour un autre *figlio di puttana.* J'enfonçai les mains dans mes poches pour m'empêcher de serrer les poings, et je me retournai vers elle.

— De quoi as-tu besoin ?

— Je n'aurai peut-être besoin de rien. Je veux dire, il va venir à Las Vegas pour retrouver la voiture à la casse.

Je ne pouvais pas supporter la manière dont elle tripotait la lanière de son sac à main, je ne pouvais pas supporter son agitation.

— Il avait planqué de la drogue dedans. Beaucoup, je suppose. Et il doit trente mille dollars à quelqu'un maintenant.

Je me détournai alors qu'une colère rouge sombre emplissait ma vision. Mon poing transperça le placo devant moi.

— Nico, s'étouffa-t-elle. Peu importe. Je suis désolée.

Quand je me retournai, je vis des larmes couler sur ses joues.

Mon cerveau se détraqua, voulant rouer de coups ce gars qui l'avait fait pleurer, sans capter que c'était moi. Après un soupir, certains autres instincts se déclenchèrent et le besoin de réconforter Sondra m'envoya de l'autre côté de la pièce. Je voulais la prendre dans mes bras, prendre son visage en coupe et effacer ses larmes du pouce, mais je ne me faisais pas confiance pour la toucher. Pas quand j'étais si pressé de blesser quelqu'un.

— Tu pleures à cause de lui ? demandai-je, trop durement.

À ma grande surprise, elle me donna une tape sur le torse.

— Non, je pleure à cause de toi.

Je réussis d'une manière ou d'une autre à ne pas chanceler. Ses mots m'éviscéraient.

— Je pleure parce que tu penses que j'en ai quelque chose à faire de lui. À cause de ce que je fais à notre relation en te demandant ça.

Puis je me retrouvai éperdu de soulagement et de gratitude. Mes mains étaient partout sur elle, arrachant ses vêtements. Ma bouche fusionna avec la sienne et je la fis reculer contre le mur. Je remontai sa jupe, écartai sa culotte et mon doigt caressa sa fente humide.

— Quelle est notre relation, *bambi* ?

Elle se raidit, mais je ne reculai pas. Je dévorai sa bouche, introduisant un doigt en elle.

— Quelle est notre relation ? Dis-tu que tu es ma nana ?

— Nico, geignit-elle, sa tête glissant le long du mur alors que mon doigt faisait des va-et-vient.

— Hein ? Es-tu à moi, Sondra ? répétai-je en enfonçant un autre doigt, la baisant avec. Tu vas accepter que je possède ton corps maintenant ? Tu vas me le donner chaque fois que je l'exigerai ?

Elle agrippa mes avant-bras. De petits cris lascifs sortaient de ses lèvres, mais elle me repoussait. Je savais que j'allais bien trop loin, mais je ne pouvais pas m'arrêter. Je voulais l'entendre dire. Je voulais qu'elle admette qu'elle était mienne.

— Nico, répéta-t-elle.

— Dis-le, bébé. Tu m'appartiens maintenant. Dis-le et j'aiderai ce *figlio di puttana.* Du moment que tu promets de ne plus jamais lui parler.

— Je te le promets, dit-elle rapidement.

Je retirai mes doigts et elle hoqueta de surprise, ses yeux s'ouvrant et se rivant aux miens.

— *Dis-le.*

— Je-Je t'appartiens.

— Gentille fille.

Une puissance pure me parcourait maintenant. Comme l'adrénaline d'un combat, d'une mise à mort. Je sortis un préservatif de ma poche et débouclai ma ceinture.

Elle me regardait, les yeux vitreux, sa poitrine se soulevait toujours après la pénétration de mes doigts.

J'enfilai le préservatif en un tournemain et la plaquai contre le mur, glissant ma verge entre ses jambes.

Elle m'accueillit, soulevant une jambe pour m'attirer en elle.

— C'est ça, *piccolina.* Prends chaque fichu centimètre de moi. C'est ma queue qui te possède.

Ses cris devenaient plus bruyants, sa tête roulait contre le mur. Le trou que mon poing avait fait était juste à sa droite, un rappel de ce que j'avais gagné.

Elle enroula ses deux jambes autour de ma taille, comme elle l'avait fait dans la douche, et je la pénétrai encore plus profondément. Voulant la baiser si fort que ses dents en claqueraient, je la portai jusqu'à la chambre et la posai sur le bord du lit. Puis je la pilonnai, ma santé mentale m'échappant à chaque splendide coup de reins. J'étais comme un fichu gladiateur, ou une bête impitoyable en rut. Je ne pensais pas à son plaisir, ne retenant rien de la violence avec laquelle j'avais besoin de prendre possession d'elle.

Pendant un instant, je crus que je pourrais tenir toute la

nuit, plonger ma verge en elle encore et encore jusqu'à ce que la terre s'écroule. Et l'instant d'après, je jouissais comme une locomotive lancée à toute vapeur.

Je rugis et m'enfonçai jusqu'à la garde.

Sondra hurla et enroula ses jambes derrière mon dos, utilisant ses talons pour m'attirer encore plus profondément en elle. Je jouissais et jouissais et jouissais encore alors que ses muscles enserraient ma verge.

Puis nous nous séparâmes. Je trébuchai jusqu'à la salle de bains pour me débarrasser du préservatif.

Quand je revins, Sondra se redressait, les yeux écarquillés et effrayés. Elle se leva et baissa sa jupe.

— Hé.

Je tendis la main vers elle, mais elle se détourna. Je la ramenai contre moi, enroulai mes bras autour d'elle et la tins solidement.

— Tu as peur.

Elle prit une longue inspiration tremblante.

— N'aie pas peur de moi, *piccolina.* Je suis un connard. Je dis des choses connes. Ça ne veut pas dire que je ne te respecte pas.

Je la retournai vers moi. Elle fondit encore en larmes et je sentis un froid glacial m'envahir. Qu'avais-je fait ?

— Je suis désolé.

Je passai la main sous sa tête, relevant son visage vers moi.

— T'ai-je fait mal ? Regarde-moi, Sondra. S'il te plaît ? Est-ce que tu as eu l'impression que je te forçais ?

— Non.

Elle avait répondu immédiatement, ce qui me soulagea un peu.

— Qu'est-ce que c'est, alors ?

Elle essuya ses larmes.

— C'était juste intense.

Je la ramenai droit contre mon corps, la serrant fort.

— Bon sang, ouais, c'était intense. Pour moi aussi.

Elle cligna ses grands yeux bleus vers moi.

— Pourquoi était-ce intense pour toi ?

Je réfléchis un instant. Je voulais répondre honnêtement, mais la réponse me fichait les jetons.

Parce qu'elle s'en souciait. Elle se souciait de moi. Et de notre relation.

Et c'était exactement pour ça que je n'aurais pas dû déconner avec la douce Sondra Simonson. Parce que je n'étais pas du tout disponible. Même si je n'avais été pas promis à une autre, je n'aurais pas pu lui dévouer le temps et l'attention qu'elle méritait. Il suffisait de regarder combien cette soirée s'était mal passée : notre rendez-vous gâché par le genre d'incident qui arrivait toutes les heures ici.

Sondra m'offrait déjà son cœur, et j'aurais été un *stronzo* de la pire espèce de le prendre.

Le pire du pire.

Sondra

— Alors, tu vas l'aider ?

Nico grimaça, mais il hocha la tête.

— C'est *toi* que je vais aider.

J'agrippai son bras.

— Tu ne lui feras pas de mal ?

Ses narines se dilatèrent.

— Je ne peux pas supporter que tu me supplies pour lui, *bambi*.

Je ne pouvais pas vraiment supporter ça non plus. Tanner

ne devait pas ficher en l'air ma relation avec Nico. Mais je me sentais responsable d'avoir pris la voiture. Je savais au moment où je l'avais fait que c'était la dernière chose à faire, mais j'avais voulu le punir. Mais pas par la mort.

Je laissai tomber mon front sur son torse et il me caressa la nuque. Je n'arrivais toujours pas à croire qu'un homme aussi puissant s'intéresse autant à moi, mais savoir qu'il était prêt à m'accorder ça représentait tout pour moi.

— Je ne lui ferai pas de mal, marmonna-t-il, le dégoût transparaissant dans sa voix. Mais si ça doit me coûter trente mille dollars, tu me paieras en nature.

Je relevai brusquement la tête pour interpréter son expression et le découvris souriant d'un air suffisant. Mes fesses se serrèrent sous la menace. Voulait-il dire plus de fessées ? Parce que j'avais surtout adoré ça chaque fois qu'il l'avait fait.

— Décris-moi la voiture en détail. Je vais envoyer mes gars là-bas ce soir pour trouver la drogue.

Je lui indiquai tout ce que je pouvais sur la voiture et la casse et il prit le téléphone et aboya ses ordres. Quand il raccrocha, je le remerciai.

— Vais-je quand même avoir ma surprise ?

Il poussa son rire tonitruant et cela sembla même le surprendre.

— Oui, *piccolina*. Viens.

Il attrapa ma main et aussitôt nous nous dirigeâmes hors de sa suite, retournant dans l'ascenseur. Il utilisa sa carte magnétique et appuya sur un bouton, ce qui signifiait que nous allions à un étage privé. J'étais intriguée.

Il me poussa contre la paroi de l'ascenseur et prit possession de ma bouche, n'arrêtant le baiser que lorsque les portes s'ouvrent et que je me tortille. Puis il fit volte-face et m'entraîna hors de l'ascenseur, avançant d'un bon pas à travers ce qui semblait être des bureaux de direction. Nous arrivâmes devant une porte encadrée par deux agents de sécurité.

— Monsieur Tacone.

Ils inclinèrent la tête en le saluant respectueusement. Nico appuya son pouce sur le lecteur, puis approcha son œil du scanner rétinien.

Technologie de pointe.

La lourde porte se déverrouilla et un des gardes l'ouvrit pour nous.

Nous entrâmes dans un coffre-fort géant de la taille d'une pièce. Des chariots de billets soigneusement empaquetés me firent sortir les yeux des orbites, mais Nico se dirigea vers une vitrine, qu'il ouvrit. Il en sortit un objet rectangulaire drapé dans un tissu noir.

Une œuvre d'art.

Je me précipitai à ses côtés, mon cœur battant déjà plus vite. Je sus avant qu'il ne le découvre que c'était un Picasso. Même ainsi, un frisson de plaisir, de prise de conscience, me traversa. Il était de sa période bleue, une femme assise dans un fauteuil.

— Nico, soufflai-je. Où as-tu eu ça ?

Il ne regardait pas du tout la peinture : il regardait seulement ma réaction.

— À l'occasion, je recouvre un paiement de dettes sous la forme d'objets d'art et de joyaux.

— Sais-tu ce qu'il vaut ?

— Je l'ai fait expertiser.

Il dit ça d'un ton décontracté, comme si la peinture de dix millions de dollars n'était pas ce qui l'intéressait.

— Quel est le nom de celle-ci ? Je n'en ai jamais vu de photos.

— *Femme dans un fauteuil.*

Il tendit la main dans la vitrine et en sortit une autre peinture, puis une autre. Il dévoila quatre Picasso, un Rembrandt, deux Rothko et un Renoir.

Après les avoir tous examinés de près, j'étais près de m'évanouir.

— Tu devrais les exposer. Monter le musée Bellissimo ou je ne sais quoi.

Nico avait les mains dans les poches. Il restait en retrait, m'observant, comme si c'était moi le chef-d'œuvre rare et précieux.

— Je pourrais. Je devrais investir dans une lourde sécurité. De plus, tout le monde saurait quelle richesse repose ici.

— C'est vrai, mais ça pourrait attirer les gens. Ça pourrait distinguer ton casino comme quelque chose de vraiment spécial. L'incontournable de Las Vegas.

Je hoquetai lorsqu'une idée me vint.

— Tu pourrais dédier tout l'endroit à l'art. Prendre des artistes italiens et décorer les différentes tours avec différentes périodes.

Les yeux de Nico scintillaient et ses lèvres s'incurvèrent en un sourire.

— C'est une idée, oui.

Il enroula de nouveau les peintures, une par une, et les replaça. Quand il me prit la main pour sortir, il dit :

— Tu les aimes vraiment ?

J'en restai bouche bée.

— Comment pourrait-on ne pas les aimer ?

Il émit un petit rire.

— Pour moi, ils ne sont qu'une autre forme de monnaie. Une diversification de mon portefeuille. Pour toi, ils sont comme… je ne sais pas… des êtres vivants.

Je me mis à rire, parce que c'était exactement comme ça que je voyais l'art.

— Oui. Des êtres incroyables. Ils devraient être exposés.

Il me ramena devant l'ascenseur.

— Je te propose un marché. Je vais installer un musée... redécorer le Bellissimo si tu le diriges et en es la conservatrice.

Je m'arrêtai net.

— Vraiment ? Tu me laisserais être conservatrice ?

— Bien sûr. Qui d'autre pourrais-je engager, bon sang ?

Je lançai les bras autour de son cou parce que ces peintures étaient déjà dans mon âme. M'appelant déjà, suppliant d'être montrées, célébrées.

— Merci, j'adorerais ça.

Il me sourit.

— Tu es heureuse.

Il semblait à moitié surpris et à moitié satisfait.

J'embrassai sa mâchoire râpeuse.

— Très heureuse.

— Bien.

Il me ramena chez lui, mais quand il ouvrit la porte, il me fit entrer sans la refermer.

— J'ai du travail à faire, mais je veux que tu dormes dans mon lit ce soir.

Il ne demandait pas. C'était un ordre.

— Et si je dis non ? interrogeai-je, le testant.

Il arqua un sourcil.

— Pourquoi ferais-tu ça ?

Bonne question. Pourquoi le ferais-je ? Juste pour prouver qu'il ne me possédait pas ? N'avais-je pas promis que si ?

Je suppose que je devais savoir jusqu'où je m'étais engagée. Me laisserait-il partir si je disais non ? Ou ferait-il planer Tanner au-dessus de ma tête ? À quel point était-ce réel ?

Je retirai ça... je ne voulais pas savoir. Je voulais enfoncer ma tête profondément dans le sable et profiter de ce que j'avais. Une incroyable opportunité pour un nouveau travail.

Et un homme qui pensait que j'étais exceptionnelle.

Alors, le fait que ce soit un dangereux criminel pouvait être glissé sous le tapis pour l'instant.

— Je n'ai pas ma brosse à dents ici.

Les lèvres de Nico tiquèrent.

— Je t'en ferai monter une. Je dois y aller et je ne veux pas que tu coures partout dans le casino toute seule.

Je roulai des yeux et il leva un sourcil sévère.

— Fais-moi plaisir, *cucciola mia.* J'ai besoin de savoir que tu es là à tenir mon lit au chaud avec ce petit corps sexy.

Il m'attira contre lui et je me sentis fondre contre son corps musclé.

— C'est quoi, *cucciola* ?

— Animal de compagnie. Je t'ai appelée *mon petit chien.*

Ça semblait un nom approprié pour une femme qu'il pensait posséder.

Je ravalai mon stress. Il me respectait. Il venait de créer un job de rêve pour moi. Je n'avais pas à avoir peur.

Ou si ?

CHAPITRE 2

Nico

J'ENTRAI dans ma suite vers cinq heures du matin. Comme toutes les nuits de cette semaine, Sondra s'était endormie dans mon lit. Là où était sa place.

Mes gars avaient trouvé la drogue dans sa voiture : deux cent vingt-cinq grammes d'ecstasy en poudre, ce qui avait une valeur à la revente de plus de trente mille dollars. Ils l'avaient livrée à son connard d'ex avec une petite raclée et l'avertissement de ne jamais recontacter Sondra. Problème résolu. Je n'étais même plus énervé, parce que j'avais pu être son héros.

Je me tenais dans l'embrasure de la porte et la regardais, tellement belle, avec son expression douce dans le sommeil. Si j'avais été un homme décent, je l'aurais laissée dormir. Mais je n'aurais pas pu pas fermer l'œil de la nuit si ma queue ne la pénétrait pas, alors je retirai mes vêtements et grimpai au-dessus d'elle.

Elle murmura quelque chose dans son sommeil, écartant ses genoux pour me faire de la place. Ma queue était plus dure que de la pierre, gouttant déjà pour elle. J'avais attendu cet instant toute la soirée, mais j'avais eu trois parties privées qui avaient occupé mon attention.

Sondra portait un débardeur et une culotte en satin rose. Je remontai son débardeur et me repus de son mamelon.

— Nico.

Elle enfouit ses doigts dans mes cheveux, ses paupières papillonnant alors qu'elle se réveillait.

J'adorais entendre mon prénom sur ses lèvres. Je touchai le triangle de soie qui couvrait son intimité.

— Tu portes une culotte dans mon lit, bébé.

Elle sourit.

— Oups.

Je marquai une pause un instant, me demandant si ce qu'elle venait de dire était vraiment ce que je croyais. Le soir précédent, dans un accès de vulgarité, je lui avais dit que je m'attendais à trouver son sexe nu quand je viendrais me coucher.

— Espères-tu une fessée ?

Son sourire s'agrandit et elle s'arqua contre moi.

Je descendis sa culotte d'un coup sec.

— Tu seras punie pour ça, *amore*.

Elle roula des hanches sur le lit. Je la retournai sur le ventre et frappai ses fesses. Elles étaient vraiment parfaites pour une fessée, mais ce soir j'avais peu de patience. Je la fessai une demi-douzaine de fois puis écartai largement ses jambes.

— Écarte-les bien pour moi, mon ange. Tu me rends plus dur que de l'acier et ça a duré toute la nuit.

J'attrapai un coussin que je fourrai sous ses hanches pour me donner un meilleur angle.

— Pas de préliminaires pour toi, vilaine fille. Tu devras prendre ma queue exactement comme j'ai envie de te la donner.

Elle leva les fesses. Oh bon sang, quelques tapes ne vont pas la tuer. Je voulus les garder légères, mais à la seconde où ma main heurta son postérieur, j'en voulus plus. Je frappai plus fort, plus bruyamment. Quatre de plus. Elle gémissait de façon obscène.

— Je t'ai donné une règle simple. Garde ce sexe nu pour moi, dis-je en écartant largement ses fesses. Du coup, ça me fait penser que tu voulais que je te donne une punition.

Elle émit un *hum.*

J'agrippai ses cheveux et lui relevai la tête.

— La voulais-tu ?

— Oui ! hoqueta-t-elle.

Je lâchai ses cheveux et lui massai le crâne pour retirer la douleur cinglante.

— Peut-être que je devrais te prendre par-derrière pour te donner une leçon.

Elle se raidit, ce qui n'était pas ce que je recherchais. Tout de même, j'écartai largement ses fesses et touchai son anus avec mon gland pour lui faire pousser un cri perçant.

— Non, s'il te plaît, geignit-elle.

— Vas-tu être une gentille fille ?

— Oui, monsieur.

Oh *Madonna* ! J'adorais ça quand elle m'appelait *monsieur*. J'enfilai un préservatif et la pénétrai sans préambule. Elle était déjà humide de ses propres fluides, mais elle cria. Je m'arrêtai à la garde et lui mordis le cou.

— Ça va, bébé ?

— Oui. Oui, Nico.

Bon sang. Je n'avais donné qu'un coup de reins et j'avais

déjà besoin de jouir, juste parce qu'elle avait prononcé mon prénom.

— C'est ça, bébé. Dis mon prénom. Quelle bite vas-tu prendre ?

Elle gémit, et même à travers le préservatif, je sentais bien que son sexe mouillait encore plus.

— La tienne. Mon Dieu, oui.

Je marmonnai plusieurs jurons en italien alors que je continuais à la pilonner. Elle était si douce, si enthousiaste ! Tellement réactive, bon sang. C'était comme si nos corps étaient faits l'un pour l'autre. J'avais besoin d'elle avec une intensité qui me rendait humble.

C'était ce qui me poussait à me conduire comme un connard abusif. À vouloir la posséder, la contrôler. Je savais que ce n'était pas bien, mais je ne pouvais pas m'en empêcher. Et même si ça l'excitait, je savais aussi que ça lui faisait peur. Ce qui l'excitait aussi. J'apprenais tout ce qui faisait vibrer ma petite historienne de l'art.

J'écartai ses fesses pour lui offrir la sensation de mon bas-ventre contre son anus et elle cria, l'excitation faiblissant dans sa voix.

— Ce cul m'appartient, n'est-ce pas, *bella* ?

Elle gémissait entre chaque halètement rapide, une tapisserie de sons accompagnait le choc de la chair contre la chair.

— Dis-moi que tu as besoin de cette queue, bébé. Dis-moi que tu en as besoin autant que j'ai besoin de ton petit sexe étroit.

— J'en ai besoin, haleta-t-elle. J'en ai tellement besoin !

J'étais sur le point de jouir. Mes yeux se révulsèrent. Je la chevauchais comme si ma vie en dépendait, et que si je ne la baisais pas assez fort, aucun de nous ne pourrait survivre. Elle empoigna les draps, hurlant à chaque coup de reins.

Mes testicules se tendirent douloureusement, mes coups de reins devenant erratiques.

— Jouis pour moi, mon ange. Jouis aussi fort que je vais le faire.

Je me déchargeai, m'enfonçant au fond d'elle et atteignant l'orgasme si puissamment que je faillis m'évanouir. C'était comme si j'avais été absent pendant quelques instants, puis je me rendis compte que je reposais sur elle de tout mon poids et je roulai sur le côté, la tirant et la positionnant en cuillère contre mon torse, nos corps toujours joints.

Je palpai un mamelon, le pressant et le tirant doucement.

— Bébé, tu n'as aucune idée de ce que tu me fais.

L'orgasme me rendait reconnaissant. Je voulais lui offrir de l'argent, des cadeaux, tout ce qu'elle prendrait. Mais je ne voulais pas qu'elle se sente sale non plus. Je savais que c'était un point sensible pour elle. Chaque jour, je remerciai le ciel de lui avoir trouvé un poste qu'elle aimait et pour lequel je pourrais la payer.

— Que puis-je faire pour toi ? Dis-moi de quoi tu as besoin.

Elle resta silencieuse trop longtemps, ce qui me rendit agité. Elle avait quelque chose à l'esprit. Quelque chose qu'elle ne savait pas comment dire.

Je me retirai de son corps et jetai le préservatif dans la poubelle à côté du lit. Elle roula à demi sur le dos, mais elle détournait toujours la tête. Je la fis tourner vers moi.

— Dis-moi, bébé. Je ne te rends pas heureuse. Qu'y a-t-il ?

Elle cligna des yeux un instant, puis prit une inspiration.

— Suis-je ta petite amie, Nico ? Ton plan cul ? Qu'est-ce que je représente pour toi ?

Je m'appuyai sur un coude, essayant de ne pas montrer

mon inquiétude. C'était la conversation que j'avais redoutée. Est-ce que Nico Tacone pouvait avoir une petite amie ?

— Que veux-tu représenter ?

Je repoussai ses cheveux de son visage, mais elle recula brutalement, d'un mouvement irrité.

— Est-ce que tu me demandes s'il y a quelqu'un d'autre, bébé ? Tu dois savoir que non. Tu penses que je pourrais jouir aussi fort si je baisais une autre femme ?

Elle se mordilla la lèvre.

— Non, dit-elle lentement. Je ne le pense pas. C'est une des choses que j'apprécie chez toi. Tu me donnes l'impression d'être tellement désirable. Si j'avais la moindre indication qu'il y avait une autre femme, je partirais d'ici sans hésiter. Après Tann…

Je levai les sourcils et un doigt en avertissement.

— Ne prononce pas son nom.

— Enfin, tu sais ce qui s'est passé avec lui. Je ne referai jamais ça.

Des sonnettes d'alarme retentirent à l'arrière de mon crâne. Elle me disait quelque chose d'important. Elle n'allait pas tolérer l'infidélité. Ce qui n'était pas un problème.

En dehors de mon satané contrat de mariage.

Il y avait vingt-deux ans, mon père avait conclu un arrangement avec Giuseppe Pachino pour unir de manière permanente nos deux familles. Parce qu'ils étaient tous les deux des hommes de l'ancien monde, aucun n'avait rechigné à l'idée de lier un garçon de dix ans à une fille nouveau-née sans leur consentement. En fait, ils avaient célébré le retour à d'anciennes traditions, leur sagesse et notre futur commun et prospère. Giuseppe n'avait pas de fils, et donc mon père, je crois, avait pensé qu'il me donnait l'occasion d'être un jour le boss d'une puissante famille. Il ne s'était pas imaginé que je créerais moi-même mes propres occasions. Que je deviendrais un boss selon mes règles.

Mais les deux familles criminelles avaient opéré selon des termes mutuellement bénéfiques depuis.

Je savais très peu de choses sur Jenna Pachino. Je l'avais évitée comme la peste. J'avais plutôt pensé qu'elle devait être aussi horrifiée par le contrat que moi et prendrait mon absence comme un soulagement.

Mais je n'avais pas annulé le contrat. Seul mon père pouvait le faire, et il croupissait en prison. Et jusqu'à maintenant, ça n'avait pas eu vraiment d'importance pour moi.

Et je n'aurais pas dû l'envisager maintenant. Parce que…

Putain. J'étais resté silencieux trop longtemps. Le visage de Sondra se ferma.

— Il n'y a personne d'autre, dis-je férocement, pour contrer les conclusions qu'elle en avait tirées.

Sauf que c'était un mensonge, n'est-ce pas ?

— Mais je ne pense pas que tu veuilles être liée pour toujours à moi, bébé. Sais-tu qui je suis ?

Même à la lumière filtrée de la ville entrant par les fenêtres, je la vis pâlir. Sa bouche se pinça.

J'attrapai sa mâchoire.

— Je te posséderai, putain. Je prendrai possession de toi pour la vie. Mais je te condamnerai à une éternité avec le diable. Le crime est dans mon sang. La violence est derrière mon nom. J'ai essayé de prendre mes distances. J'essaie de garder les mains propres ici, en dirigeant une affaire réglo, en payant mes impôts sur l'argent que nous gagnons. Mais je ne serai jamais libre. Et je ne veux pas t'entraîner dans ma chute.

Ses yeux se remplirent de larmes et elle se retourna. Je la saisis par la taille alors qu'elle se redressait, me tournant le dos.

— S'il te plaît. Ne t'en va pas.

Qu'est-ce que je lui demandais ? Mon cerveau s'emballa, essayant de trouver une solution, un compromis qui la garderait dans mon lit.

— Donne-moi encore un peu de temps avec toi. Je ne suis pas prêt à renoncer à toi. Reste. Rends mon musée opérationnel. Redécore le casino. Puis je te promets que je te laisserai partir.

Elle se retourna pour me regarder. Je vis l'envie et la douleur se refléter dans ses magnifiques yeux bleus.

— Je ne supplie jamais, bébé. Voilà l'importance que tu as pour moi.

Elle ne se retourna pas.

— À quoi est-ce que je m'engage ?

Sa voix semblait rauque.

— Juste du sexe ? demanda-t-elle.

— Non.

Ma voix était dure. Sa question tombait sous le sens. Le sexe était tout ce que j'avais eu le temps de lui donner, et pourtant l'idée qu'elle suggère que c'était tout ce que je voulais m'énervait. J'avais besoin de tellement plus que de sexe. Je mourais d'envie de la posséder… corps et âme.

— Sois ma petite amie, si c'est comme ça que tu veux le définir. Je veux que tu me consacres ton temps et ton attention aussi.

Elle renifla d'un ton moqueur et je me rendis compte que mon absence avait été ressentie.

— Je suis désolé d'avoir été aussi occupé, mon ange. Je vais trouver du temps pour toi. Je te le promets.

Même moi j'entendis que c'était une promesse en l'air. Parce que je n'étais pas sûr de savoir comment la tenir. Ce casino prenait vingt-trois des vingt-quatre heures de la journée, et l'heure restante il était encore dans mes pensées, ce qui était la raison pour laquelle je ne pouvais pas dormir sans baiser Sondra comme un taureau furieux.

Mais si c'était ce dont elle avait besoin, je trouverais une solution. J'en trouvais toujours une.

— Reviens au lit, *bella*. Tu sais que je ne peux pas dormir sans toi près de moi.

Elle me permit de la rallonger sur le matelas et d'enrouler mon grand corps autour du sien. En quelques instants, sa respiration avait ralenti et elle s'était endormie. Moi… je restai éveillé une heure avant de finalement abandonner l'idée de dormir et d'aller prendre une douche.

Sondra

— Tu es en train de tomber amoureuse de lui.

Corey agita les jambes dans la piscine du Bellissimo. Nous étions assises sur le côté près des faux rochers et de la cascade artificielle, une semaine après que Nico m'avait suppliée de rester et avait promis de prendre du temps pour moi. Ça n'était pas arrivé.

— Non, c'est faux.

— Quelles conneries ! Si ce n'était pas le cas, tu serais parfaitement heureuse de rester avec lui, de le laisser payer pour toutes tes dépenses et de t'éclater au lit jusqu'à trouver quoi faire ensuite. Mais tu ne l'es pas. Tu veux quelque chose de plus.

Je me laissai tomber dans la piscine, gardant les bras au-dessus de l'eau. Le nœud d'appréhension qui se serrait dans mon ventre m'annonça qu'elle avait vu juste. Je voulais quelque chose de plus et Nico ne pouvait pas me le donner. Il avait été extrêmement clair. Même si je n'étais pas sûre qu'il m'avait raconté toute l'histoire.

Après qu'on m'avait menti et qu'on m'avait trompée plus de fois que je ne voulais l'admettre, une sonnette d'alarme retentissait quelque part dans mon subconscient. Mais c'était peut-être seulement que j'étais paranoïaque. Peut-être que j'étais trop abîmée par mes erreurs passées pour reconnaître une relation qui valait la peine qu'on se batte quand je l'avais sous le nez.

— Eh bien, rien de plus n'est prévu.

Je marchai dans l'eau, la laissant rafraîchir ma peau, chaude à cause du soleil.

— Alors tu dois déterminer ce que tu veux. Si tu as besoin de protéger ton cœur, tu devrais partir maintenant. Ou tu pourrais décider de prendre tout ce que tu peux avec cette expérience – une sexualité géniale, une ligne de plus à ton C.V., de la publicité, une histoire à raconter à tes petits-enfants – et tenir bon jusqu'à ce que le musée soit installé, comme il l'a suggéré.

— Ouais.

J'aurais aimé que ce soit aussi facile. Mais mon cœur était absolument en jeu. Et il montrait des signes de dommages. Pourtant, aucune partie de moi n'était encore prête à s'en aller.

Je n'étais pas sûre de la raison… peut-être parce que c'était aussi enivrant d'être désirée, supposai-je. Et je pouvais me dire qu'il n'était qu'un beau parleur, que c'était le Roméo charmeur qui m'avait ensorcelée, sauf que je voyais par moi-même comme il dormait bien après qu'on avait couché ensemble. C'était comme s'il avait rajeuni de dix ans ensuite, les rides sur son visage s'atténuaient, la lumière revenait dans ses yeux.

C'était égoïste à croire, mais je pensais qu'il avait besoin de moi.

Je sortis de la piscine et m'enroulai une serviette autour de la taille.

— Je vais aller travailler sur le musée.

Corey sortit les pieds de l'eau et les glissa dans des tongs.

— S'il a promis de t'accorder plus de temps et qu'il ne l'a pas fait, tu devrais l'exiger. C'est l'arrangement que vous avez conclu.

Exiger quelque chose de Nico Tacone était une énorme blague.

— Ou tu pourrais simplement te pointer dans la salle ce soir dans une robe sexy et le regarder flipper.

Un sourire diabolique flottait sur les lèvres de Corey.

Je marquai une pause alors que je ramassais mon sac de natation. Nico était suffisamment jaloux pour m'empêcher de distribuer les cartes ou de faire le ménage dans la chambre de quelqu'un d'autre. Il ne faudrait probablement pas grand-chose pour le pousser à agir.

— Ça *garantirait* une réaction.

Corey sourit.

— J'ai la robe parfaite que tu peux m'emprunter. Une robe portefeuille rouge moulante. Porte-la avec une paire de talons provocants et il oubliera le boulot pour la nuit.

C'était une meilleure idée que celle que j'avais essayée : travailler autant que Nico pour me distraire de mes pensées sur les raisons pour lesquelles rien n'allait dans cette relation.

— Allons chercher cette robe.

CHAPITRE ONZE

Nico

J'étais un connard parce que j'avais promis de traiter Sondra comme une petite amie et pas comme un jouet sexuel, et ensuite je n'avais pas eu une seule minute à lui consacrer.

Je décrochai mon téléphone et appelai Stefano, mon frère cadet. Lui et moi étions proches, avec un faible écart d'âge et des mentalités similaires. Il était dans le vieux pays, à travailler avec notre grand-oncle.

— Nico, *come va* ? répondit-il.

J'allai droit au but.

— J'ai besoin de toi.

Stefano jura.

— Qu'y a-t-il ?

— Non, non. Rien de grave. Mon opération est devenue trop grosse. Les journées ne sont pas assez longues pour moi, et j'ai besoin de quelqu'un avec qui partager cette charge. J'ai besoin de toi, en particulier.

Stefano resta silencieux un instant.

— Tony ne suffit pas ?

— Tony ne peut pas tout faire. Et il n'est pas mon frère. Je le paye bien, mais je ne peux pas partager le royaume avec lui. Papa ne le permettrait pas.

— Ouais, d'accord. Je vais parler à Zio. Je suis sûr qu'il pourra me laisser partir si tu as vraiment besoin de moi.

— C'est le cas. J'ai besoin que tu diriges le service de sécurité. Comme ça je pourrais me concentrer sur le maintien de la croissance. Rappelle-moi et fais-moi savoir quand tu pourras venir.

— Je le ferai.

J'étais sur le point de raccrocher quand il ajouta :

— Nico ?

Je remis le téléphone contre mon oreille.

— Qu'est-ce qui a provoqué ça ?

— Qu'est-ce que tu veux dire ?

— Es-tu malade ? S'est-il passé quelque chose ?

Je poussai un soupir. C'était pour ça que j'avais besoin de Stefano. Il était sacrément perspicace.

— C'est à cause d'une femme.

Stefano laissa échapper un brusque éclat de rire surpris.

— Sans déc' ?

— Ouais. Et je travaille vingt heures par jour et elle va partir.

— Tu es sérieux à propos de cette femme ?

Tout l'intérieur de mon torse se comprima parce que je savais quelle serait la prochaine question de Stefano. J'essayai de l'éviter en disant :

— Je n'en suis pas sûr.

— Quelles conneries ! Tu es sérieux. Et pour Jenna Pachino ?

— Ouais, je ne sais pas. Je dois annuler ce contrat, je suppose.

— As-tu parlé à Papa ?

— Pas encore.

— Eh bien, tu ferais bien de le faire bientôt. Il ne voudra pas de surprises. Sait-il que tu me demandes de revenir ?

J'aurais voulu mettre mon poing dans le mur. Je détestai être entravé par ma famille.

— Non.

— Parle-lui d'abord, Nico. Je ne veux pas me retrouver au milieu de ton merdier.

— Je vais lui parler, bordel ! dis-je d'un ton cassant. Toi, prends un putain d'avion pour Las Vegas.

— *Si, signore.*

La voix de Stefano était pince-sans-rire, mais je savais qu'il ne m'en voudrait pas d'être un con.

Je m'apprêtai à raccrocher sans dire *au revoir*, mais je ramenai encore le téléphone à mon oreille.

— *Grazie, fratello.*

— C'est bon d'avoir de tes nouvelles, Nico. Je suis content que tu aies trouvé quelqu'un, dit Stefano, sa voix radoucie. Et tu es toujours un *stronzo*.

Oui, j'étais un connard.

— Toujours.

Il renifla et raccrocha. Je restai à sourire au téléphone, ce qui était aussi inhabituel pour moi que de danser la gigue dans un costume de farfadet.

Je me dirigeai dans la salle, où je devais m'occuper d'au moins six satanés problèmes, en plus d'attirer trois baleines flambeuses.

Je m'arrêtai net.

Sondra était assise au bar dans une robe rouge moulante, ses jambes galbées accentuées par une paire de talons aiguilles noirs et sexy. Elle avait coiffé ses cheveux d'un chignon banane sophistiqué et buvait un martini.

Comme si ça n'était pas suffisant à absorber, un gars était

assis à côté d'elle, qui se penchait vers elle et lui faisait la conversation.

J'allais tuer ce salopard.

— Monsieur Tacone, Jeff Blue demande à vous parler pour une partie privée.

Un de mes managers était à mes côtés.

Merda.

Non, en fait, peut-être que c'était pour le mieux. Je devais me calmer. Je ne pouvais pas arracher le gars de son tabouret et lui fracasser la tête pour avoir parlé à ma nana.

Qu'est-ce qu'elle faisait ?

J'avançai rapidement vers Jeff Blue me forçant à me comporter poliment. C'était un homme qui balançait de dix à cinquante mille dollars par soirée quand il était dans mon établissement. Je trouvais du temps pour lui quand il venait.

Je ne savais même pas ce que je lui disais, parce que pendant tout ce temps-là mon œil restait rivé sur la blonde sexy au bar. Mais avant que je ne m'éloigne, l'autre baleine se joignit à nous. Il avait reconnu Jeff et voulait participer à une partie privée.

Putain.

Les parties privées étaient géniales. Je m'en mettais plein les poches. Mais elles requerraient une sacrée sécurité et on devait leur tenir la main. C'était pour ça que j'avais besoin de Stefano ici.

Je rongeai mon frein quand je vis un autre connard s'asseoir de l'autre côté de Sondra. Elle fit pivoter son siège et me vit, mais tout ce que je reçus fut un satané sourire pendant qu'elle recroisait ses jambes gainées de bas.

Oh merde.

Elle se jouait de moi exprès.

Je clignai des yeux, mon esprit se vidant pendant un instant. J'étais moins paniqué qu'en colère, maintenant.

Tony s'approcha pour me parler d'une nouvelle urgence, une tentative de fraude dans l'arrière-salle.

Je m'éloignai des baleines et le tirai sèchement sur le côté.

— Sors Sondra d'ici et ramène-la dans ma suite immédiatement. Si je vois un autre mec lui parler, je vais péter les plombs.

— Compris, boss. Leo et Sal sont dans l'arrière-salle à gérer l'arnaque. Vous voulez que j'y aille quand j'aurai terminé ?

— Non, j'aurai besoin de toi pour la partie privée dès que je l'aurai organisée.

— Compris.

Je m'en allai sans regarder de nouveau Sondra, parce que si je le faisais, quelqu'un allait perdre ses dents.

Sondra

Cela avait été une idée catastrophique. J'avais pensé que le stratagème avait marché pendant un bref instant, quand j'avais senti la brûlure du regard de Nico sur mon dos, mais à aucun moment il ne s'était approché, et quand il était parti, il avait l'air énervé.

Et maintenant, son gros bras se dirigeait vers moi.

Tony s'avança et regarda les gars assis de chaque côté.

— Tirez-vous.

L'un d'eux bredouilla de colère, l'autre s'éclipsa comme un chien errant surpris à voler de la nourriture.

— Voulez-vous que je parte ? me demanda l'homme en colère.

Je hochai la tête.

— Ouais, vous feriez mieux.

Il bomba le torse.

— Avez-vous peur de ce mec ?

— Vraiment. Vous devriez y aller. C'était sympa de vous parler.

Je fis en sorte que ma voix reste polie, mais ferme. Le type était suffisamment saoul pour faire quelque chose de stupide, et je ne voulais absolument pas que, par ma faute, il y ait la moindre violence.

— Je vais bien.

Il fronça les sourcils, mais quand Tony fit un pas en avant menaçant, il décida d'arrêter les frais et de s'en aller.

— Le boss veut que vous montiez à l'étage, dans sa suite.

Oh, maintenant ça, ça me hérissait !

— Excusez-moi ?

Il n'avait même pas eu le temps de passer et de me parler lui-même ? Et maintenant il me renvoyait dans sa suite ? Quel culot !

Tony leva les mains, paumes tendues.

— Hé, je ne veux pas me retrouver au milieu d'une querelle d'amoureux. J'ai l'ordre de vous emmener là-haut. Nico a cinq fers au feu ou je suis sûr qu'il serait là lui-même.

Entendre parler du stress de Nico atténua ma colère. Était-ce vraiment juste de ma part d'essayer de détourner son attention de son entreprise ?

D'un autre côté, était-ce juste de sa part de me traiter comme s'il me possédait et de me donner des ordres ?

Tony posa un coude sur le bar près de moi.

— Écoutez. Vous rendez mon job difficile, là. Si je vous touche, Nico s'offrira mes couilles. Mais j'ai aussi mes ordres à suivre. Alors qu'est-ce que vous voulez pour que sortir d'ici et remonter dans la suite du boss ?

Je croisai les bras sur ma poitrine.

— Des informations.

Il leva un sourcil.

— Comme quoi ?

Qu'est-ce que je faisais ? Voulais-je seulement les réponses à mes questions ?

— Suis-je…

Qu'allais-je dire ? Spéciale ? La seule ?

Tony pencha la tête comme s'il faisait de son mieux pour comprendre une femme folle.

— Suis-je son genre habituel ?

Tony cligna des yeux, la surprise apparaissant sur son visage. Il passa un bras autour de mon coude.

— Venez. Laissez-moi vous emmener hors d'ici et je vous dirai tout ce que vous voulez savoir.

Adoucie, je sautai du tabouret et lui permis de m'escorter jusqu'aux ascenseurs privés. Une fois que nous fûmes seuls, il lâcha mon coude et me fit face.

— Non. Vous n'êtes pas son genre habituel. Vous êtes sacrément loin de son genre habituel.

Je n'étais pas sûre de savoir si j'étais soulagée ou déçue.

— Vous êtes la seule femme qu'il ait voulu se taper, excusez ma grossièreté, plus d'une fois depuis que je le connais, c'est-à-dire depuis que nous sommes gamins. Alors je ne sais pas ce qu'il vous a dit, mais je dirais que vous êtes sacrément spéciale pour lui.

La chaleur s'infiltra dans ma poitrine et ma colère s'évapora.

— Vraiment ?

Tony hocha la tête.

— Ouais. Et ne croyez pas que chaque personne qui travaille pour lui n'est pas reconnaissante que vous l'aidiez à retrouver le sommeil. Il était ingérable pendant un moment.

Nous arrivâmes à l'étage de Nico et il m'escorta jusqu'à la porte.

— Vous avez une carte ?

Je fouillai dans la petite pochette de soirée que j'avais empruntée à Corey pour trouver la carte magnétique.

— Ouais. Merci.

Il attendit que j'ouvre la porte avant de partir.

— Bonne nuit, Tony.

— Bonne nuit à vous, mademoiselle Simonson.

Mademoiselle Simonson, je m'étais vraiment élevée dans le monde du casino.

J'entrai et fis les cent pas chez Nico. Cela pourrait prendre des heures avant qu'il ne revienne. Ce serait probablement l'habituel réveil sexuel à 4 h 30. Cette pensée fit qu'un poids s'écrasa sur ma poitrine. Trop de choses semblaient non résolues, en suspens. Je ne voyais pas comment je pourrais m'endormir avant que nous ayons parlé.

Heureusement, ce ne fut pas aussi long. Nico entra quarante-cinq minutes plus tard pendant que je regardais *Saturday Night Live* à la télévision. Il semblait toujours énervé.

J'éteignis la télé et me levai. Debout près de la porte, il enfonça les mains dans ses poches et me regarda.

Le fait qu'il ne se rapprochait pas fit que mon cœur se serra. Habituellement, il était collé à moi dès qu'il me voyait.

— Sondra. Tu m'as manqué de respect en bas.

J'en eus le souffle coupé. *Manqué de respect.* Mince. C'était un mâle alpha avec un ego intense de mafieux. Le respect représentait tout.

J'essayai de puiser dans ma colère de tout à l'heure. Lui aussi m'avait manqué de respect. Il ne m'avait pas accordé une minute, ne s'était même pas donné la peine de s'approcher, et m'avait traitée comme une possession. Je carrai les épaules et ouvris la bouche.

Il leva une main avant que je ne puisse parler.

— Je sais que je t'ai déçue cette semaine. Je travaille sur une solution, bon sang ! Mais si tu as un problème avec moi, tu viens m'en parler. Tu ne me ridiculises pas dans mon propre club.

Mon cœur se serra encore davantage.

— Je ne te ridiculisais…

Il leva de nouveau la main pour me faire taire.

— Plus jamais.

Mon ventre se serra à l'acier de sa voix. Waouh. Une verte réprimande de Nico Tacone. C'était à un tiers humiliant, aux deux tiers excitant. J'avais vraiment un défaut de fabrication parce que je trouvais un chef de la mafia en colère excitant.

Il alla au bar et se versa un verre.

— J'ai des trucs à faire, marmonna-t-il, le dos tourné. Tu devrais aller dans ta propre chambre ce soir. Je ne serai pas de retour avant qu'il ne fasse jour.

Il sortit sur le balcon sans un regard en arrière.

Ça me fendit le cœur. Il était plus en colère que je n'avais cru. Je devais réparer les choses avant de partir… je n'allais pas partir sur cette note. Pas quand mes émotions étaient à cran, mes hormones déchaînées et Nico encore en colère.

Je le suivis dehors.

Il s'enfonça dans un siège et regarda la nuit.

— Nico…

— Pas ce soir, bébé.

Sa voix était sèche, tendue.

Je me plaçai devant lui, bloquant sa vue.

— Nico.

D'un rapide mouvement irrité, il me tira, me mit à plat

ventre sur ses cuisses et fit atterrir neuf coups durs et rapides sur mes fesses. Les claques me faisaient mal, mais j'étais plus excitée qu'autre chose. C'était un royaume que je connaissais. Lui qui me touchait, un peu trop brusquement.

Et cela sembla changer quelque chose en lui aussi. À l'instant où le déluge de claques s'arrêta, il serra mes fesses et les prit dans sa paume de sa manière possessive. Il glissa sa main sous ma robe et l'insinua entre mes jambes. Ma culotte était déjà humide et il gronda quand il la toucha.

— Lève-toi et retire ta culotte pour recevoir ta fessée, bébé.

Sa voix était rocailleuse et rauque. Toute la tension avait disparu.

Il m'aida à me lever et je me trémoussai pour retirer ma culotte et me rallongeai sur ses cuisses. On passait au sexe maintenant. La colère de Nico avait disparu et le courant du désir passait entre nous, aussi fort qu'habituellement. Il remonta une large paume à l'arrière de ma jambe, entraînant la robe rouge de Corey avec. Je portais des bas noirs avec une couture à l'arrière et des nœuds en haut et, quand Nico les découvrit entièrement, il se mit à gronder.

Mais une partie de la colère revint dans sa voix.

— Pour qui as-tu porté ça ?

Il frappa mon postérieur, fort.

— Pour toi ! dis-je immédiatement dans un cri perçant.

Il massa la brûlure.

— Il vaudrait mieux, dit-il en me donnant une autre tape avant de me masser. Ma jalousie est une chose dangereuse, bébé. Ne t'amuse plus jamais à ce jeu avec moi.

Il resserra sa prise autour de ma taille et commença à me donner la fessée. C'était une vraie fessée : dure et rapide. Implacable. Mon souffle me quittait et revenait brusquement. Je tressaillis et me tortillai parce que soudain ce n'était pas si sexy que ça. Ça faisait mal. Un éclair de peur réelle me traversa. Jusqu'où irait-il ?

— Je suis désolée ! criai-je.

Il s'arrêta immédiatement et me frotta les fesses.

— Montre-moi, bébé.

Sa voix était de nouveau basse et rauque. Il lâcha ma taille.

Je compris ce qu'il voulait dire alors je me laissai glisser sur le sol devant lui. Il attrapa le coussin sur le siège à côté de lui et m'encouragea à protéger mes genoux. J'étais désireuse de lui plaire. Je ne pensais jamais avoir été aussi excitée de faire une fellation de ma vie. Je débouclai sa ceinture et ouvris son pantalon pour libérer sa large érection.

Il me regardait avec des yeux aux paupières lourdes alors que je lui léchais le gland. Mon postérieur me picotait encore à cause de la fessée, ce qui rendait cet acte servile d'autant plus sexy. Je faisais pénitence avec ma langue, mes lèvres, ma bouche. Je le pris profondément et ses cuisses se tendirent, ses genoux s'ouvrant plus largement. Je saisis ses bourses d'une main en coupe et massai l'arrière, recherchant la zone sensible entre ses testicules et son anus.

Je changeai de main, le masturbant avec le poing serré et déplaçant la bouche plus bas pour aspirer un testicule.

— Oh putain !

La main de Nico s'emmêla dans mes cheveux, défaisant mon chignon.

— *Madonna. Cristo. Dio.* Qu'est-ce que tu me fais ?

J'aimais le pouvoir enivrant qui déferlait en moi, sachant le plaisir que je lui donnais. Je suçai l'autre testicule, léchant la jonction de ses bourses.

Quand ma bouche se rapprocha de son membre pour le dévorer, il s'avança sur le siège, l'enfonçant dans ma gorge alors qu'il tenait captif l'arrière de ma tête. J'étouffai, mais ne cessai pas de le sucer. Je montais et descendais sur sa verge, le prenant dans le creux de ma joue, puis à l'arrière de ma gorge. Je n'avais jamais été douée pour la gorge profonde, mais pour Nico je voulais essayer. Je ralentis et détendis mes muscles.

Il resserra son poing dans mes cheveux et grogna. La kyrielle de jurons italiens nourrissait mon désir. J'augmentai ma vitesse, montant et descendant sur sa verge, utilisant mon poing aussi, pour que ça lui donne l'impression que je prenais tout son membre.

— Sondra. *Putain !* Sondra.

Il jouit dans ma gorge.

J'avalai. C'était la première fois que je ne m'étouffais pas, et j'étais sacrément fière de moi. Ça ne faisait pas de mal que le rugissement de Nico résonne encore sur le bâtiment. Je continuai de faire rouler ma langue sur le dessous de sa verge, la suçant jusqu'à ce qu'il n'y ait plus une seule goutte. Mon clitoris palpitait en rythme avec mes battements de cœur. Mes fesses étaient encore échauffées et crispées.

J'avais besoin de sexe, ardemment.

~

Nico

L'abandon de Sondra me laissait complètement transformé. Peut-être que c'était cette caractéristique en elle qui, depuis le début, me fascinait. La manière dont elle cédait, se rendait vulnérable. À *moi* – Nico Tacone – le type devant qui presque tout le monde battait en retraite.

Même quand j'aboyais, elle restait douce.

Elle s'était carrément levée et avait enlevé sa culotte pour que je la punisse. Après avoir perdu mon calme de manière inexcusable et frappé ses fesses sous la colère.

Elle me rendait humble. Humble et grotesquement plus fort en même temps. Parce que je n'allais pas abandonner le contrôle qu'elle m'avait donné. Je le prendrais jusqu'au bout.

— Viens là, *bambi.*, dis-je en la soulevant pour l'asseoir sur mes genoux, dos face à moi. Ouvre-toi à moi.

Je lui écartai les cuisses et les plaquai contre les miennes, pour qu'elle soit largement ouverte.

Elle se pencha contre moi, sa tête retombant sur mon épaule. Sa respiration montait et descendait rapidement, et sa peau était chaude et douce. Je glissai mes mains à l'intérieur de ses cuisses, faisant remonter sa robe rouge avec. Je plaçai ma paume contre sa fente.

Elle poussa un lourd soupir.

— Je parie que ce sexe a besoin d'attention, murmurai-je à son oreille, donnant une petite tape sur son clitoris.

Elle frissonna.

— Oui, s'il te plaît.

Ai-je mentionné à quel point j'adorais quand elle disait *s'il te plaît* ?

Je frappai encore sa vulve. Elle était humide, gonflée. Je plongeai mon majeur en elle et elle se tortilla, essayant de l'attirer plus profondément en elle.

Je fis des va-et-vient avec mon doigt, puis m'arrêtai.

— Mais je ne suis pas sûr que je vais te laisser jouir.

Elle geignit.

— Penses-tu que tu mérites de jouir, mon ange ?

Elle s'immobilisa et je craignis d'être allé trop loin. Mais elle prit sa voix suppliante la plus adorable.

— S'il te plaît, Nico ?

Encore un va-et-vient.

— Putain. C'est presque impossible pour moi de te

refuser quoi que ce soit quand tu me supplies avec cette petite voix sexy, *bambi*.

— S'il te plaît, baise-moi.

Oh Seigneur ! Ma queue recommençait déjà à durcir. J'allais perdre cette bataille. Mais je jouais les durs avec elle.

— Oh, je vais te baiser, mon ange, dis-je avec un nouveau petit coup. Je vais bien te baiser. Je vais baiser ton petit cul étroit et vierge.

Elle s'immobilisa de nouveau, et je sus qu'elle avait peur. Je lui mordillai l'oreille.

— Ne t'inquiète pas, murmurai-je. Je ferai ça bien. Je te le promets, bébé.

J'attendis qu'elle expire et que la tension de ses muscles se relâche, puis je la remis debout et me levai.

— Va enlever ta robe et allonge-toi à plat ventre sur mon lit.

C'était un test. Si elle ne le faisait pas, je n'insisterais pas. Je n'étais pas connard à ce point. Mais je pensais vraiment que je pourrais faire en sorte qu'elle aime ça. Elle me regarda en coin, puis tituba vers la chambre sur des jambes instables.

La victoire revigora encore ma queue. Je la suivis dans la chambre et trouvai un flacon de lubrifiant. Je n'avais pas eu à l'utiliser avec elle – elle semblait mouiller constamment pour moi –, mais j'étais content de l'avoir.

Elle m'obéit, retirant sa robe et se couchant sur le lit, ne portant qu'un soutien-gorge noir en dentelle et la paire de bas noirs avec une couture à l'arrière.

— Bordel c'est une vision magnifique.

Elle tourna la tête sur le côté pour me regarder presque timidement… si étonnamment vulnérable que mon cœur se serra. J'attrapai les deux oreillers sur le lit et soulevai ses hanches.

— Mets ça en dessous, mon ange, et écarte tes cuisses sexy.

Je remontai en rampant entre ses jambes et écartai ses fesses. Je léchai la longue ligne qui allait de son clitoris à son anus.

Elle gémissait et frissonnait. Je répétai le mouvement, puis lui donnai une tape sur une fesse. Son postérieur était encore rose après la fessée que je lui avais administrée, ce qui n'aurait pas dû m'exciter à ce point, mais c'était le cas. Je voulais lui donner tout ce dont elle avait besoin. En faire pour elle la meilleure initiation possible aux relations anales. Je lubrifiai son postérieur et mon doigt, puis commençai lentement, massant son anus, la pénétrant et œuvrant pour ouvrir l'étroit anneau de muscles. Je n'arrêtai pas de lui parler, l'apaisant, la complimentant.

— C'est ça, bébé. Ouvre-toi à moi. Détends-toi et laisse-moi entrer. Gentille fille.

Quand j'en arrivais à faire des va-et-vient avec mon doigt, elle se mit à geindre et glissa une main entre ses jambes pour titiller son clitoris.

— Voilà, mon ange. Prends ce dont tu as besoin. Je vais baiser tes jolies fesses.

J'enfilai un préservatif et le lubrifiai généreusement, puis pressai le gland de ma queue contre son anus.

— Prends une profonde inspiration.

Son dos et ses côtes se soulevèrent lorsqu'elle inspira.

— Maintenant expire.

Quand elle obéit, je m'introduisis lentement, lui offrant mon membre, centimètre par centimètre.

Son gémissement s'éleva dans les aigus, mais elle ne se tendit pas contre moi, ne résista pas.

— Gentille fille. Prends ma queue par-derrière. C'est ce qui arrive quand on est une vilaine fille.

Elle gémissait plus bruyamment, un son lascif que je pris comme un feu vert. Je la remplis, jusqu'à la garde, puis reculai doucement et la pénétrai encore.

— Nico, haleta-t-elle. Oh mon Dieu !

— Je sais, bébé. Tu te fais prendre par-derrière par l'homme qui te possède.

Je savais que j'étais un connard, mais je *devais* posséder cette femme, l'accaparer, la garder, disposer d'elle et la dominer. Surtout après qu'elle m'avait forcé à la regarder flirter avec ces salauds en bas.

Je pilonnai ses fesses, la baisant en profondeur jusqu'à ce que ses cris prennent un ton aigu et paniqué.

— S'il te plaît, supplia-t-elle. S'il te plaît, oh s'il te plaît, oh s'il te plaît !

J'avais déjà éjaculé une fois, alors j'aurais pu continuer très longtemps, mais je savais qu'elle voulait à tout prix jouir. Je fermai les yeux et laissai le plaisir déferler en moi. Mes bourses se tendirent. J'abaissai mon bassin pour le poser sur son postérieur et me balancer d'avant en arrière pendant que je passais la main sous ses hanches. Ses doigts étaient frénétiques entre ses jambes, mais je les écartai de mon chemin et enfonçai trois des miens dans son sillon humide. Elle dégoulinait – plus juteuse que je n'avais jamais senti une femme – et était terriblement gonflée et accueillante.

— Je vais jouir, bébé, et quand je te dirai que c'est le moment, tu jouiras partout sur mes doigts. *Capiche* ?

— Oui ! S'il te plaît, Nico, sanglota-t-elle.

L'urgence de son besoin m'envoya dans l'abîme. Mon bassin la martela et je la pénétrai encore quelques fois avant de jouir de nouveau.

— *Maintenant*, bébé.

Tout son corps convulsa, son sexe palpita autour de mes doigts et son anus se resserra presque douloureusement autour de ma queue. Cela devait lui faire mal aussi, parce qu'elle cria puis ses muscles se détendirent et elle s'abandonna encore une fois.

— C'est ça, bébé. Gentille fille, dis-je en lui embrassant le cou. Tu l'as pris tellement bien. Est-ce que tu as aimé ta première sodomie ?

Elle ne répondit pas et une petite boule d'appréhension commença à se former dans mon plexus solaire. Je me retirai doucement et jetai le préservatif dans la poubelle près du lit.

— Je reviens tout de suite, murmurai-je avant d'aller me laver rapidement les mains dans la salle de bains.

L'urgence de retourner auprès d'elle était presque écrasante.

Elle n'avait pas bougé depuis que je l'avais laissée, elle était encore affaissée sur les oreillers, son postérieur ravagé et exposé.

— Regarde-moi, *piccolina*.

Je la fis se retourner vers moi.

Elle ne semblait pas vouloir que je regarde son visage, parce qu'elle se précipita vers moi, enroulant ses bras étroitement autour de mon cou.

Je la serrai fort, lui caressant les cheveux, embrassant sa tempe.

— Dis-moi que tu vas bien, bébé.

Elle hocha la tête contre mon cou.

— Je vais bien.

Sa voix était rauque.

— Laisse-moi te regarder.

Ses bras se resserrèrent autour de mon cou.

— Mon ange.

Je la recouchai sur le lit et roulai sur le côté pour que nous nous fassions face.

— Regarde-moi.

Elle relâcha progressivement sa prise autour de mon cou.

Je posai tendrement ma paume contre son visage, passai mon pouce sur sa pommette.

— Je t'aime, Sondra.

Je n'avais pas eu l'intention de le dire. Je n'avais pas eu idée que ces mots allaient sortir de ma bouche. Mais ils étaient vrais. Ils étaient réels. C'était la plus grande honnêteté dont j'avais jamais fait preuve.

Ses yeux s'écarquillèrent et elle m'étudia, comme si elle cherchait un signe que j'étais sérieux. Comme si elle avait peur de me croire.

Je sentis les freins s'enclencher sèchement dans mon torse. Je la menais en bateau. Je n'étais même pas *disponible* pour cette femme, mais il était trop tard. Je l'avais dit, et je ne le retirerais pas.

— Ne le dis pas en retour, lui dis-je. Je sais que ça ne change rien. C'est juste sorti quand j'ai vu ton visage angélique.

— Alors tu n'es plus en colère ?

J'émis un petit rire.

— Loin de là, bébé. Je me suis remis de ma colère à la seconde où tu t'es levée pour enlever ta culotte. Et c'était avant que tu me tailles la meilleure pipe de ma vie, dis-je en écartant ses cheveux ébouriffés de son visage. Bébé, je suis simplement désolé d'avoir perdu mon calme avec toi. Et je suis désolé pour cette fessée… en tout cas pour la première. Ce n'était pas contre toi, c'était contre moi, et ce n'est pas cool.

Elle m'étudia de ses yeux intelligents. J'aurais pu jurer qu'elle pouvait voir au fond de mon âme et ne me jugeait pas. Je ne savais pas comment c'était possible.

— Ça m'a plu.

Je souris alors que mon cœur se serrait.

— Je sais. Et je ne cesse de me dire que ça arrange les choses. Mais je ne suis pas sûr que ce soit le cas.

Elle recouvrit de sa main la mienne posée sur sa joue.

— Ton inquiétude arrange les choses.

Je frissonnai sous son contact.

— Je ne sais pas pourquoi tu me fais tellement confiance, bébé. Je ne le mérite pas.

Elle plissa les lèvres.

— Non, c'est vrai.

Je luttai contre un sourire, content qu'elle me prenne à partie.

— Bébé, je sais que je t'ai négligée et que c'est pour ça que tu essayais de me faire réagir. J'ai appelé mon petit frère et lui ai demandé d'emménager ici pour qu'il m'aide à diriger cette merde et que je puisse te donner l'attention que tu mérites. Mais, s'il te plaît, ne traîne pas avec d'autres types parce que je vais péter une durite et le connard qui te touchera finira avec ses bourses enfoncées dans les fesses. *Capiche* ?

Elle frissonna légèrement.

— Je suis désolée.

Je le savais déjà, et je n'essayais pas de faire en sorte qu'elle se répète. Je posai un doigt sur ses lèvres.

— Écoute, je vais me rattraper. Je dois y retourner, maintenant, mais je me libérerai pour toi demain. Je veux que tu prépares un sac et que tu sois prête pour 10 heures. Nous partons en voyage.

L'espoir qui vacillait dans ses yeux me fichait la trouille. Pas parce que je n'allais pas faire tout ce que je pouvais pour m'assurer de donner ce dont elle avait besoin, mais parce que je voulais être l'homme qui le lui donnerait pour toujours. Et c'était une fichue impossibilité.

CHAPITRE DOUZE

Sondra

— Tout le monde essaie de deviner qui tu es, murmurai-je à Nico.

Nous étions assis dans le café du Met[1], buvant un expresso pour nous revigorer après notre longue journée à marcher dans le musée d'art. Oui, il m'avait emmenée dans un jet privé à New York ce matin et avait exigé que je lui montre le meilleur que le Met avait à offrir. Étant donné que c'était mon premier voyage à New York, donc ma première visite au Met, mon cœur était plein à craquer.

Nico était toujours aussi beau dans un de ses costumes de qualité et il ressemblait à une célébrité parmi les touristes. Il arqua un sourcil.

— Moi ? Non, *amore*. Ils te regardent toi. J'ai entendu un couple chuchoter que tu étais une actrice célèbre.

Il prit ma main et passa le pouce sur mes doigts.

Si j'avais été inquiète que Nico et moi n'ayons aucun sujet de conversation si nous passions vraiment du temps ensemble, j'avais eu tort. Il m'avait tout raconté sur son enfance à Chicago, les choses qui lui manquaient de cette ville, les choses qui ne lui manquaient pas. Comment et pourquoi il avait fini à Las Vegas.

Je lui avais parlé du Michigan, de mon enfance pendant laquelle j'avais grandi en face de chez Corey. Comment elle était devenue comme une sœur pour moi.

Il frotta sa mâchoire rugueuse.

— Il y a un truc que je ne cesse de me demander, Sondra.

— Quoi ?

— Comment une femme aussi belle que toi a fini à Reno avec ce minable barman. Ça n'a pas de sens. Pourquoi n'es-tu pas déjà mariée à un intellectuel gentil et intelligent qui peut parler d'art et d'autres choses avec toi ?

J'essayai de cacher à quel point cette question me blessait. N'était-ce pas la même que je m'étais posée des douzaines de fois ?

Je pris une inspiration.

— Eh bien, je pense que j'avais un intellectuel gentil et intelligent comme petit ami quand je passais mon Master. Il m'a trompée avec ma meilleure amie. Tanner…

— Ne prononce pas son nom.

Nico ferma les yeux comme si je mettais sa patience à rude épreuve.

— … il n'était pas le premier à me tromper. Et John non plus. Avant ça, mon petit ami du lycée s'était branché avec une fille pendant qu'il faisait la queue pour des tickets de concert pour Coldplay.

Nico siffla.

— C'est une mauvaise tendance.

— Ouais. J'ai mauvais goût…

Je m'interrompis trop tard. L'expression de Nico s'assombrit.

Je me raclai la gorge.

— Toi mis à part, bien sûr.

— Non, tu as raison, dit-il. Même si je ne te trompe pas et que tu n'as pas besoin de t'inquiéter pour ça, je ne suis pas bon pour toi. Absolument pas.

Le couteau planté dans ma poitrine depuis le jour où je l'avais rencontré se retourna et je perdis le souffle.

— Arrête de dire ça.

J'aurais dû apprécier qu'il reconnaisse à quel point nous étions mal assortis, mais ce n'était pas le cas. J'en éprouvais une sacrée rancune. Parce que chaque fois semblait être un autre rejet. C'était simplement que celui-ci ne venait pas d'une autre femme, mais de son travail.

De sa vie.

Et je savais qu'il ne pouvait probablement rien y faire. C'était ce qu'il était.

Nico se redressa, me regardant attentivement.

— Pourquoi, *cucciola mia ?* Nous savons tous les deux que c'est vrai.

Mes yeux se remplirent de larmes et je bondis de ma chaise. Il m'attrapa par la main et m'attira sur ses cuisses, nullement gêné de se trouver dans un café bondé. Ses bras forts se resserrèrent autour de moi.

— J'aimerais pouvoir être quelqu'un d'autre pour toi. Je voudrais l'être. Mais je ne peux pas. J'ai des obligations familiales que tu ne peux pas comprendre. Je ne vois pas comment je pourrais être un jour libéré de ce que je suis.

J'abandonnai la lutte et m'écroulai contre lui. Il ne disait pas qu'il ne voulait pas de moi. J'entendais enfin les mots pour ce qu'ils étaient. Il était réaliste. En me disant qu'il était un Tacone.

Alors la question était… pouvais-je vivre avec tout ce que ça signifiait ?

Nico

Nous rentrâmes au casino le lendemain matin. J'aurais aimé rester plus, mais jusqu'à ce que Stefano arrive, je ne pouvais pas laisser longtemps l'opération sans surveillance.

Sondra me suça sur le trajet du retour en avion, ce qui me donna l'impression d'être un roi.

J'étais heureux, peut-être pour la première fois de ma vie. Pas seulement satisfait. Pas fier d'une réussite, pas enivré de pouvoir, mais sincèrement heureux. Sondra me parlait de tous ses projets pour redécorer le casino, ce qui était du pur génie. Elle avait trouvé des moyens d'utiliser l'essentiel de ce qui était déjà dans le Bellissimo, de simplement le réarranger et de catégoriser les objets pour correspondre aux différents styles et courants artistiques italiens.

J'étais en train de l'escorter dans le Bellissimo quand j'entendis Tony, qui était venu nous prendre à l'aéroport privé, pousser un juron bas.

Là, venant droit sur nous, arrivait une superbe brune aux longues jambes.

Jenna Pachino.

— Je vais gérer ça, dit Tony.

Mais je ne pouvais pas la snober. Faire ça risquait de déclencher une guerre. J'étais dans une situation délicate et le moindre mot de travers pourrait faire exploser les choses.

Cristo, Madonna e Dio, pourquoi n'avais-je pas réglé cette situation plus tôt ? Réfléchi davantage au problème ? Fait preuve d'un peu de finesse ? Maintenant, j'étais sur le point de tout foutre en l'air.

— Jenna.

J'essayai d'empêcher ma voix d'être trop froide. Je posai les mains sur ses épaules et nous nous fîmes la bise.

Sondra s'était raidie à côté de moi.

Bien sûr, c'était son point sensible.

Je plaçai ma main sur son dos pour la rassurer, mais les yeux de Jenna suivirent le mouvement. Seigneur, je ne voulais pas qu'elle dise à son père que je lui avais manqué de respect.

J'étais foutu.

Tony intervint pour la distraire et ils se firent la bise aussi.

— Tony, veux-tu fournir à Jenna tout ce dont elle a besoin et l'emmener jusqu'à mon bureau ?

— Bien sûr, boss.

— Je monte tout de suite.

Le regard de Jenna fila vers Sondra. Je n'avais pas fait les présentations. Que diable allais-je raconter ? Tout ce que je pouvais dire allait me coûter définitivement cher avec l'une d'elles ou les deux.

Elle n'avait pas l'air soupçonneuse – plutôt curieuse – mais la vague de tension était si épaisse entre nous qu'il était étonnant que nous puissions voir au travers.

Tony posa une main au creux du dos de Jenna puis l'escorta et je poussai un soupir.

Sondra était devenue pâle, son expression impénétrable.

— C'est la fille d'un autre parrain de Chicago, dis-je dès qu'elle fut hors de portée. Je ne sais pas ce qu'elle veut, mais je dois la recevoir. Je serai bref.

L'inquiétude apparut sur le visage de Sondra et je sus que j'avais dit pile ce qu'il ne fallait pas.

Mais j'avais beau chercher, je ne savais pas comment dissiper ce désastre imminent.

— Sondra ?

Je glissai une phalange sous son menton.

Elle recula brusquement.

— Non.

J'avais rendu ma voix ferme. Je n'avais aucune idée de la raison pour laquelle j'avais choisi d'être dur avec elle, au lieu d'être encourageant, mais ça sembla fonctionner. Elle obéit à l'autorité dans ma voix et se retourna. Je secouai la tête.

— Tu penses que je baise cette fille, n'est-ce pas ?

Elle pencha la tête.

— Est-ce le cas ?

Le tremblement dans sa voix me tuait.

— Je ne l'ai jamais touchée. *Jamais.* Tu ne me fais pas confiance ?

Je retins mon souffle. Bien sûr qu'elle ne me faisait pas confiance, bon sang. Sinon, elle ne donnerait pas l'impression que je venais de tuer son chaton.

Elle haussa les épaules.

— Je ne sais pas, Nico. J'ai un mauvais passif là-dessus.

— *Je sais.*

Je m'approchai d'elle et lui étreignis les épaules, lui montrant mon sérieux par l'intensité de mon regard.

— C'est pour ça que je me suis figé quand elle nous a pris par surprise. Je ne voulais pas que tu te fasses une idée fausse.

Je la vis faiblir. Je progressais.

— S'il te plaît, fais-moi confiance. Je vais découvrir ce qu'elle veut et me débarrasser d'elle. Je ne te tromperai pas. Jamais. Peux-tu me croire ?

Ses lèvres tremblaient légèrement, mais elle leva le menton.

— J'en ai envie. Mais je ne sais pas.

Je hochai la tête. Je n'obtiendrais probablement rien de mieux.

— Je te le prouverai. Donne-moi simplement une chance,

d'accord, bébé ? Je ne peux pas te perdre maintenant. Je ne peux pas.

J'essayai de lui rendre une petite fraction de la vulnérabilité qu'elle m'offrait.

Ses cils papillonnèrent et elle hocha la tête. Je pris son visage entre mes mains et l'embrassai, du baiser le plus tendre que je ne lui avais jamais donné. Il était aussi doux qu'une promesse. Aussi sacré qu'une bénédiction.

Elle ne me le rendit pas au début, puis elle s'adoucit, déplaça ses lèvres contre les miennes. Je caressai ses cheveux.

— Seras-tu dans ta suite ?

Elle hocha la tête.

— Je t'y retrouverai.

Je l'embrassai encore puis m'en allai.

Merde. Maintenant, pourvu que je réussisse à ne pas déclencher une guerre à cause de Jenna Pachino…

Jenna

Ma mère avait voulu venir avec moi. Mon père avait voulu envoyer Alex comme garde du corps, mais j'avais refusé. Être obligée de rendre visite à mon fiancé accompagnée du seul homme qui ait fait un jour battre mon cœur aurait rendu cette situation difficile impossible.

J'avais un plan et, après ce que je venais de voir dans le hall, je pensai que ça pourrait marcher.

Le problème était que je ne connaissais pas du tout Nico Tacone. Je l'avais vu lors de fêtes familiales, à des mariages et à des enterrements, mais je l'évitais comme la peste.

Et il semblait m'éviter tout autant.

En tout cas, je misais là-dessus.

Alors je pris place sur une chaise confortable à l'extérieur de son bureau, accompagnée de Tony, son pitbull, qui se tenait devant la porte, et j'essayai de me débarrasser du nœud dans ma gorge.

Il ne me fit pas attendre longtemps. Tacone arriva et me tint la porte, l'incarnation des manières d'un gentleman.

Je m'essuyai les mains sur ma jupe en jean noir et entrai.

— J'ai entendu dire que vous avez été diplômée, dit Tacone poliment. Félicitations.

Il me fit signe de m'asseoir dans un fauteuil de l'autre côté de son bureau avant d'en faire autant.

Je ravalai la boule dans ma gorge.

— Merci.

Mes mains se nouèrent sur mes cuisses. Mes lèvres semblaient trop sèches.

— Mon père dit qu'il est temps pour nous de nous marier, laissai-je échapper.

Le visage de Tacone resta inexpressif, mais j'aurais juré avoir vu un muscle tressaillir dans sa joue.

— Êtes-vous… dis-je, prenant une inspiration. Êtes-vous prêt à m'épouser ?

Mince. Ce n'était pas la bonne chose à dire. Maintenant, je l'avais mis sur la sellette. Il ne pouvait pas dire non sans offenser ma famille.

Il cligna des yeux.

— Jenna…

— Attendez, coupai-je. Je ne veux pas connaître la réponse à cette question. Ce que je veux dire, c'est…

Il me regardait fixement et poliment avec ses yeux marron. Il n'y avait vraiment rien qui n'aille pas chez cet homme. Il semblait plutôt sympa. Il était plus que riche. Vraiment très beau.

J'aurais dû *avoir envie* de l'épouser. Surtout étant donné ce que ça représentait pour mon père.

Mais j'étais une mauvaise fille.

Je voulais ce que je ne pouvais pas avoir… Alex.

— Envisageriez-vous de me libérer du contrat ?

Les sourcils de Tacone bondirent vers la racine de ses cheveux.

— Oui.

Le mot était sorti précipitamment de sa bouche. Peut-être que j'interprétais mal, mais j'avais cru entendre le soulagement de vingt années de la même anxiété que j'avais ressentie.

— Je… je ne veux pas vous épouser. Sans vouloir vous vexer.

Ses lèvres s'incurvèrent.

— Il n'y a pas de mal. Est-ce que votre père sait que vous êtes là ?

Mes épaules s'affaissèrent.

— Oui, mais il m'a envoyée pour vous mettre au pied du mur pour convenir d'une date. Il veut toujours que nous allions jusqu'au bout.

Tacone passa une main dans ses cheveux épais.

— Je n'ai pas parlé au mien non plus. Je vais probablement devoir prendre l'avion et avoir un face-à-face avec lui. M'assurer que je peux arranger les choses. Giuseppe ne veut pas changer d'avis ?

Je me mordillai la lèvre.

— Non, mais peut-être que s'il savait que votre famille annule…

Tacone soupira, la mine défaite. Ouais. Nous en étions exactement au même point, comme lorsque nous étions enfants, avec le contrat ferme de nos parents, et nos opinions sans importance.

Je pris une inspiration, mon cœur martelant à l'idée de ce que je m'apprêtais à dire.

— Je pourrais disparaître un moment. Je veux dire, je veux disparaître. Je vais envoyer une lettre expliquant que je n'irai pas jusqu'au bout. L'envoyer à nos deux pères et à vous. Puis disparaître. Personne ne sera à blâmer à part moi.

Il se frotta la mâchoire, son regard astucieux.

— Ah. Et vous êtes ici à me soumettre ce plan parce que vous avez besoin d'argent pour disparaître ?

Mon estomac se noua. Je connaissais les mafieux. Il valait mieux avouer. Tout assumer. Jouer cartes sur table et les laisser décider quoi faire de vous.

— Oui. Et je voulais m'assurer que vous ne seriez pas en colère. Je ne veux pas déclencher une guerre.

Il resta silencieux un long instant, me regardant simplement. Mon père aurait fait quelque chose de ses mains : s'allumer un cigare ou le fumer. Pas Nico Tacone. Il était difficile de ne pas se tortiller sous son regard direct. Finalement, il répondit :

— Moi non plus.

Il se leva et alla vers un coffre.

— Ouais, je vais financer votre disparition. Je n'ai aucun problème avec ça. Apportez-moi d'abord les lettres, et je vous fournirai ce dont vous avez besoin.

Ma poitrine s'allégea, comme si on lui avait ôté un poids. Je n'avais jamais rien ressenti de tel. C'était plus que du soulagement. C'était la liberté.

Je pourrais vivre pour moi.

Moi seule.

Je cherchai dans mon sac à main et en sortis trois enveloppes, déjà adressées et timbrées, mais pas fermées. Je les poussai sur le bureau.

Les lèvres de Tacone s'incurvèrent quand il les prit et les

lut une par une. Elles étaient identiques, tapées, mais signées à la main.

— Vous avez besoin d'une nouvelle identité ? D'un passeport ? De cartes de crédit ?

Je planais. C'était bien trop facile.

— Oui, s'il vous plaît.

Il hocha la tête.

— O.K. Je vais faire en sorte que Tony vous organise ça. Il vous donnera suffisamment de liquide pour que vous puissiez démarrer aussi. Tout ce dont vous aurez besoin. Mais... Jenna ?

Je levai les yeux vers lui. Son expression devint sévère.

— Ne revenez pas ici. Ne me contactez pas. Si vous avez besoin de quelque chose, vous entrez en contact avec Tony. Il vous aidera. *Capiche* ? Et assurez-vous qu'il pourra vous faire passer des messages aussi. Je vous ferai savoir quand le contrat sera dissous.

Je me levai. Je voulais sérieusement embrasser sa chevalière, maintenant, et lui jurer ma loyauté éternelle. Je ne voulais simplement pas enchaîner ma vie à son lit conjugal.

— Merci, monsieur Tacone... Nico. Merci d'être aussi compréhensif et généreux.

— De même.

Nous nous fîmes la bise et il ouvrit la porte et parla à voix basse à Tony qui hocha la tête et me fit signe de le suivre.

Je m'avançai, vers mon futur. Ma liberté.

La princesse mafieuse abandonnait sa couronne.

CHAPITRE TREIZE

Sondra

— Bonjour, mademoiselle Simonson, dit le gars de la sécurité en hochant la tête vers moi lorsque je sortis de l'ascenseur.

Je recevais ce traitement de faveur dans tous les casinos, maintenant. La rumeur avait couru que j'étais la nana de Nico. On me fit signe d'aller à l'avant de la queue au Starbuck's, ma boisson préférée déjà préparée pour moi.

Quand je sortis sur le trottoir, la Mercedes de Nico m'attendait déjà avec le voiturier. Je pris les clés et prétendis que conduire une Mercedes était une chose tout à fait normale pour moi.

Il était difficile de ne pas tout boire comme du petit-lait. Il était difficile de me retenir d'apprécier tout ce que signifiait être la petite amie de Nico Tacone.

Mais c'était un monde de fantaisie totale. Si je devais rester ici à long terme, il faudrait que je sorte et me fasse des amis, que j'aille me promener, que je construise ma propre vie.

Mais pour l'instant, je me permettais d'en profiter. Nico

avait fourré une liasse de billets dans mon sac à main ce matin et m'avait dit d'aller acheter des vêtements. Son cousin Sal se mariait cet après-midi et nous étions invités. Quand j'avais demandé ce que je devais porter, il m'avait dit d'acheter une douzaine de tenues et de le laisser choisir.

Quel idiot ! Quel adorable et despotique idiot !

J'avais rencontré Sal – c'était un des types qui avait une suite au même étage que Nico –, mais nous n'avions pas parlé. Je ne savais rien de lui. Ce serait la première fois que je pourrais interagir avec la famille de Nico, ce qu'il ne voulait pas, je le savais.

Mas si j'étais vraiment sa petite amie, et pas une femme entretenue, je devrais combler l'écart. Découvrir si je pouvais vraiment gérer d'être définitivement attachée à un homme né dans une famille criminelle.

Ce qui signifiait probablement que je devrais lui poser des questions difficiles. À quel point avait-il les mains sales ? À quel point son affaire était-elle légale ? Parce que d'après ce que je pouvais en dire, il dirigeait un casino entièrement rentable. Je ne voyais pas où l'illégalité entrait en jeu.

Mais j'étais sûre qu'elle était là. Et je ne savais pas si je voulais vraiment connaître les réponses.

Je me dirigeai vers le magasin d'usine Saks off 5th et commençai à sortir des tenues. C'était extravagant et ridicule, et je ne dépensais jamais beaucoup d'argent pour moi dans des vêtements, mais qu'il m'ait donné une mission et veuille choisir parmi le butin en faisait un jeu amusant. J'avais rempli un chariot de vêtements et les apportai laborieusement dans la cabine d'essayage, dix pièces à la fois.

Deux heures plus tard, j'étais chargée de cinq sacs géants de vêtements, de chaussures et d'une veste, et je retournai au casino. Le voiturier me salua comme si j'étais la princesse de

Galles et le chasseur insista pour porter mes sacs de shopping jusqu'à ma chambre.

Nico entra quelques minutes plus tard sans frapper.

— Comment as-tu su que j'étais revenue ?

Ses lèvres tiquèrent.

— J'ai demandé au voiturier de me le faire savoir.

Je posai la main sur ma hanche.

— Je ne sais jamais si je dois flipper ou être flattée en sachant à quel point tu es despotique.

Nico enfonça les mains dans ses poches. C'était un signal d'innocence, mais pour une fois il n'avança pas vers moi.

— Je sais que je dis beaucoup de conneries, bébé. J'aime prétendre que je te possède. Mais je ne t'empêcherais jamais de faire ce que tu veux, même si ça doit signifier partir d'ici et ne jamais revenir.

Les mots semblaient lui coûter, parce que les muscles de sa gorge se contractèrent et un muscle tressauta dans sa mâchoire.

J'annulai la distance entre nous, pressant mon corps contre le sien. Ses bras forts se serrèrent autour de moi.

— C'est tout ce que j'ai besoin de savoir, murmurai-je.

— Sondra, chuchota-t-il, appuyant son front contre le mien. Des comme toi, il y en a une sur un million. La manière dont tu me prends toujours pour ce que je suis.

Je déglutis. Maintenant, c'était le moment de la conversation difficile.

— Nico… dis-moi le pire. Qui es-tu ? Dans quoi es-tu impliqué ? Qu'as-tu fait ?

Ses bras se resserrèrent autour de moi et son visage pâlit.

— Est-ce que je dois te fouiller à la recherche d'un micro ?

La plaisanterie était forcée et aucun de nous ne souriait.

— Vraiment, Sondra, je ne peux pas te le dire. Je ne

voudrais pas te dire quoi que ce soit qui te mettrait dans une position gênante ou dangereuse… avec ma famille ou les fédéraux. Et ne crois pas que j'ignore que tu as un oncle au FBI.

Je rougis et repoussai son torse.

— Tu penses encore que je suis une espionne ?

— Bien sûr que non. Non, non, non. Écoute, dit-il en prenant mon visage en coupe. Qu'est-ce qui a provoqué ça ? Pourquoi me le demandes-tu ?

Je détournai les yeux, mais il ramena mon visage vers lui.

— Essaies-tu de décider si tu peux rester ?

Je hochai la tête.

Il poussa un long et lent soupir.

— Je vais te dire ceci. J'ai quitté Chicago parce que je ne voulais pas de sang sur les mains. Je ne voulais pas passer ma vie à regarder par-dessus mon épaule à la recherche du prochain tireur ou fédéral qui essaierait de me faire tomber. Je croyais que les grosses corporations faisaient le même genre de merde que ma famille dans les rues, à une plus grande échelle et que c'était légal. Et je voulais ça. Grande échelle, affaire légale. Je connaissais déjà les jeux de hasard, alors je suis venu à Las Vegas. Mais j'ai été financé par ma famille, ce qui signifie que je ne pourrai jamais être vraiment libre. Je blanchis leur argent. J'emploie encore des tactiques d'intimidation et de peur de la vieille école quand c'est nécessaire. Pas de meurtres, dit-il en secouant la tête. Pas de drogues. Pas de prostitution. Rien d'autre d'illégal. Et si je pouvais couper les ponts et devenir réglo à cent pour cent aujourd'hui, je le ferais. Je n'ai simplement pas trouvé comment.

Il caressa mon visage de ses pouces.

— Alors maintenant tu sais. C'est tout. Enfin, presque tout. J'ai une mort sur les mains quand j'ai été *initié*. C'est une obligation. Ça m'a rendu malade et a consolidé ma résolution d'en sortir et de ne jamais y revenir.

Il y avait un tremblement dans sa voix et je me plaquai contre lui, pressant la joue contre son torse.

Je voulais lui dire que j'étais désolée pour sa famille, son passé, mais comment le lui dire sans remettre en cause celui qu'il était maintenant ? Alors je l'étreignis simplement, lui montrai que j'étais encore là. Toujours de son côté. Quel que soit ce côté.

Nico

Ça s'était fait au dernier moment, mais Sal avait réussi à réserver une chapelle privée correcte, pas une de celles kitsch avec Elvis sur le Strip. Je me garai sur le parking de la chapelle et coupai le contact de la Porsche que j'avais sortie aujourd'hui pour faire le trajet. Nous sortîmes et j'escortai Sondra vers la porte. Elle portait un étroit pantacourt blanc en jean avec des talons hauts or rose et un chemisier turquoise. Elle était classe et magnifique.

Sal épousait une strip-teaseuse qu'il avait engagée un an auparavant. Il couchait avec elle depuis et avait décidé la semaine dernière, quand elle lui avait dit qu'elle était enceinte, d'officialiser. Il m'avait fait jurer de garder le secret de son ancienne profession, ce qui ne me posait pas de problème. J'aimais bien cette fille, en fait. C'était une nana du New Jersey, débrouillarde, mais généreuse. Elle s'intégrerait bien à la famille, elle ferait une bonne mère pour les enfants de Sal.

Je n'arrivais pas à dire si j'avais marqué ou perdu des points avec Sondra. Il semblait que ce soit une victoire, mais elle était restée silencieuse sur le trajet jusqu'à la chapelle. Elle s'était adoucie, ce qui était toujours un plaisir pour moi, mais qui savait quelles conclusions elle tirerait de ce que je lui avais dit ? Quelles décisions elle prendrait.

Je les respecterais, quelles qu'elles soient. Même si ça devait me tuer de la laisser partir.

— Nico ! appela ma tante depuis le parking.

Je m'arrêtai et attendis qu'elle et mes deux cousines arrivent. Mon oncle, son mari, était en prison à perpétuité, ce qui était la raison pour laquelle j'avais pris Sal sous mon aile quand j'avais emménagé ici. Elle et les filles avaient pris mon avion ce matin.

— Tante Perla, voici Sondra. Sondra, voici la mère de Sal, ma tante Perla, et ses petites sœurs, Genevieve et Kara.

Leo se gara puis Sal arriva dans sa propre voiture, semblant inquiet et sur les nerfs.

— Où est la mariée ? lançai-je.

Il tourna brusquement la tête alors qu'il examinait le parking, la panique apparaissant dans ses yeux jusqu'à ce que son regard atterrisse sur une Mustang rouge garée devant.

— Elle est là. Elle et ses copines sont venues tôt.

Il étreignit sa mère et ses sœurs, me serra la main, fit la bise à Sondra et tapa Leo dans le dos.

— Sal, ce n'est pas une église catholique, se plaignit sa mère. Je n'arrive pas à croire que tu te maries dans une chapelle non confessionnelle.

— Je sais, Maman. C'est le mieux que j'ai pu trouver au dernier moment.

Tante Perla renifla et je lui tins la porte. Tout le groupe entra et nous traversâmes un espace intérieur vers une cour arrière avec une série de faux rochers et une chute d'eau cascadant au centre.

— C'est joli, murmura Sondra poliment.

Je pensai que la forme des rochers évoquait plutôt des paires de fesses, mais je ne dis rien.

Le célébrant nous invita à prendre place sur les chaises pliantes en plastique, recouvertes de housses à jupons, et une musique d'orgue enregistrée démarra. La mariée entra avec ses deux demoiselles d'honneur – je soupçonnais que c'était aussi des strip-teaseuses – et elles retrouvèrent Sal près de la chute d'eau entourée de fesses.

Heureusement, le célébrant resta sobre et concis. Je tins la main de Sondra pendant la cérémonie et Tante Perla eut la grâce de pleurer un peu.

— Et maintenant, j'aimerais tous vous inviter à un dîner de fête au restaurant italien Scordetto, annonçai-je.

— Est-ce un restaurant dans ton casino, Nico ? demanda Tante Perla.

Je secouai la tête.

— Non, Sal ne veut pas célébrer son mariage là où il travaille. J'ai réservé un bon restaurant pour la soirée. Venez, allons-y.

— C'est gentil de ta part, murmura Sondra alors que je la menais dehors.

— C'est le moins que je puisse faire.

Je lui ouvris la portière et l'aidai à monter. La vérité était que ça m'irritait de mêler Sondra à la famille. Plus tard je me dirais que c'était l'instinct qui m'avait averti, mais tout ce que je pensais à ce moment-là c'était à quel point ils devaient lui sembler incultes et peu raffinés. C'était merdique de ma part d'avoir honte de mes racines, mais je suppose que je m'étais hissé assez haut par rapport à l'endroit d'où je venais. J'oubliais à quel point jusqu'à des moments pareils.

Sondra

Nico semblait distrait et mal à l'aise quand nous arrivâmes au restaurant, et je compatissais complètement. Qui n'est pas gêné pendant les rassemblements familiaux ?

Je me dirigeai vers les toilettes pour femmes et, quand je sortis de la cabine, j'entendis Sal et la tante de Nico parler dans le couloir.

— Alors, c'est quoi l'histoire avec la petite amie de Nico ?

Je me figeai, la main sur la poignée de la porte pour l'ouvrir.

— Ouais, elle est chouette. Elle le rend heureux, répondit Sal.

— Oui, mais… et pour la fiancée ? N'est-il pas toujours fiancé à Jenna Pachino ?

Jenna Pachino. Je le savais !

Je devins glacée et brûlante en même temps. Un énorme nœud se forma dans mon estomac.

Oh mon Dieu ! Je savais que son histoire ne collait pas. Le fait qu'il ne m'avait pas présentée quand elle s'était pointée au casino. C'était sa putain de *fiancée* ?

C'était ma tendance. Des connards infidèles. Même quand je savais qu'ils mentaient, je voulais encore y croire. Et cette fois ? Cette fois, je ne pensais pas que je m'en remettrais un jour.

Je reculai de la porte, tremblant comme quelqu'un en état de choc.

Oh ! ouais. J'étais en état de choc. Sans savoir comment, je réussis à sortir mon téléphone.

— Corey ?

Merde, je pleurais déjà.

Ma cousine devait tout entendre dans ma voix.

— Qu'est-ce qui ne va pas ?

— J'ai besoin que tu viennes me chercher… chez Scordetto. S'il te plaît, viens vite.

— J'arrive tout de suite. Es-tu en sécurité ? Blessée ?

— Ça va, je dois juste sortir d'ici immédiatement.

J'entendis une porte claquer.

— Je suis déjà en chemin, promit-elle.

J'attendis l'oreille collée contre la porte jusqu'à être sûre qu'il n'y avait plus personne à l'extérieur avant de sortir discrètement. Le groupe était rassemblé dans l'arrière-salle, à commander des boissons, je pus donc sortir par la porte de devant sans que personne ne me voie. Je rôdai devant l'immeuble comme une criminelle et attendis. J'ai l'impression que ça dura des heures, mais cela ne prit probablement pas plus de dix minutes avant que la voiture de Corey arrive avec un crissement de pneus sur le parking.

Je me sauvai juste au moment où Nico sortait.

— Sondra ! cria-t-il alors que j'ouvrais brusquement la portière. Attends ! Où vas-tu ?

Il s'élança vers la voiture.

— Sors-nous d'ici ! sanglotai-je à Corey.

Elle appuya sur l'accélérateur, mais Nico se jeta devant la voiture, forçant Corey à écraser le frein.

— Sondra ! Que s'est-il passé ?

Il fit le tour de la voiture, se précipitant vers mon côté.

— Où est ta fiancée, Nico ? Pourquoi ne l'as-tu pas amenée aujourd'hui ?

Si j'avais eu le moindre doute sur la réalité de cette fiancée, il s'évapora quand je vis Nico s'immobiliser.

— Démarre, dis-je à Corey.

— Attends ! fit Nico en faisant un brusque mouvement vers la voiture alors que Corey appuyait sur le champignon. Laisse-moi t'expliquer.

Je lui fis un doigt d'honneur avant que nous sortions en trombe de l'allée.

Puis j'éclatais en sanglots.

— J'ai choisi un autre infidèle. Arrives-tu à le croire ? Pas moi.

Corey me lança un regard inquiet.

— Je suis vraiment désolée, Sondra. Il mérite de crever.

— Enfin, je n'irais pas jusque-là, dis-je en essuyant les larmes sur ma joue avec le dos de ma main.

Mon téléphone tinta avec l'arrivée d'un texto. Je savais qu'il était de Nico, mais j'étais trop stupide pour ne pas regarder.

Je ne vais pas épouser Jenna. Je la connais à peine. C'était un contrat conclu par nos pères quand nous étions gamins. Elle est venue ici pour me demander de l'aide pour l'en libérer, ce que je suis en train de faire. Je n'ai jamais eu l'intention de l'épouser. Je ne veux être qu'avec toi.

Je le lus à haute voix à Corey, qui plissa les lèvres.

— Eh bien, il aurait dû t'en parler, alors.

Mes sanglots se calmèrent. J'étais prête à le croire en fait, ce qui pourrait être une folie complète.

— Oui, il aurait dû.

Mais ça n'avait pas d'importance. Tout ce que je savais, c'était que je ne pouvais pas faire confiance à mon propre jugement avec ce gars.

Je bloquai son numéro sur mon téléphone.

— Où va-t-on ? demanda Corey.

— À la maison.

— Chez moi ?

— Non. Dans le Michigan. Je veux rentrer à la maison. Emmène-moi à l'aéroport.

CHAPITRE QUATORZE

Nico

Je devenais fou.

Je ne pouvais pas faire parler sa putain de cousine, pour qu'elle me dise où elle était. En tout cas, pas sans une méthode non violente de persuasion, et évidemment je n'allais pas la forcer. J'avais un gars qui surveillait la maison de Corey, mais Sondra ne semblait pas être là. Elle n'était pas non plus apparue sur aucune des caméras du casino.

Ma nana était partie.

Même si pendant tout ce temps, j'avais su que je n'étais pas celui qu'il lui fallait, je ne pouvais pas supporter de savoir que je l'avais blessée. J'avais enfoncé un couteau droit dans son point faible et lui avais donné l'impression qu'on l'avait encore trompée.

C'était impardonnable.

Et c'était ce que je devais rectifier. Je ne pouvais pas la laisser s'en aller blessée. Je n'avais jamais voulu ça. J'avais été égoïste… je m'étais permis de me rapprocher d'elle. Je m'étais laissé emporter par le plaisir qu'elle m'apportait. Mais une fois que je l'aurais convaincue que j'étais sincère, je devrais la laisser partir.

C'était le seul moyen de pouvoir arranger un peu ça.

Sondra

J'étais au lit avec les couvertures par-dessus la tête pour le troisième jour de suite. Ma mère était venue une douzaine de fois pour m'encourager à en sortir, mais je ne voulais rien entendre.

— Laisse-moi simplement me reposer, lui dis-je. J'ai besoin de sommeil.

Mon téléphone sonna et je l'ignorai. Un texto arriva. Je l'ignorai aussi. Il sonna encore.

Je regardai l'écran.

Corey.

Je décrochai.

— Hé.

Même à mes propres oreilles, ma voix semblait plus lourde que du plomb.

— Je pense que l'histoire de Nico est vraie, dit Corey.

Mon ventre, nerveux et vide sous le régime résultant de la déprime, qui consistait en quelques bouchées de fruits et de toast, se figea.

— Il m'a parlé. J'ai coincé son cousin Sal, et j'ai même demandé à Leo et à Tony, son garde du corps. Ils m'ont tous raconté la même histoire. Un engagement dès l'enfance qu'ils n'ont jamais honoré. En fait, Tony m'a dit qu'il a donné à Jenna de l'argent pour disparaître pendant que Nico règle les choses avec son père à elle.

Elle baissa la voix.

— Il dit aussi que Nico est une vraie épave. Il n'a pas dormi depuis que tu es partie.

— Pourquoi me racontes-tu ça ?

S'il y avait de la panique dans ma voix, c'était parce que j'avais passé les trois derniers jours à me faire à l'idée de ne jamais revoir Nico. Et voilà que Corey rouvrait la porte que j'avais tellement essayé de garder fermée.

— J'ai simplement pensé qu'il fallait que tu le saches. Il aurait quand même dû te parler de la situation avec sa fiancée, mais avec ton passé, peut-être que tu as tiré la pire des conclusions. Il ne t'a pas trompée, Sondra.

Je rejetai les couvertures, soudain trop fébrile pour rester au lit.

— Ça n'a pas d'importance. Ce n'est pas comme si j'allais l'épouser, de toute façon. Une fin aurait été inévitable. Au moins, c'est fait.

J'allai à pas feutrés vers la salle de bains, le besoin de me doucher était écrasant.

— Je ne sais pas. Je pense qu'avant ça tu réfléchissais à l'idée de rester avec lui sur le long terme. Et c'est en quelque sorte une question différente. Je ne crois pas que tu devrais mélanger les deux situations.

— Es-tu sérieusement de son côté maintenant ? dis-je d'un ton cassant.

— Non ! Je suis totalement de ton côté. Je te soutiendrai quoi que tu décides. Mais je ne pense pas que tu devrais faire ton choix en te basant sur les sentiments qui sont remontés parce que tu croyais qu'il te trompait. Je suis presque sûre que ce n'était pas le cas.

Je me tenais immobile dans la salle de bains, le téléphone pressé trop fort contre mon oreille.

— O.K. Merci.

— Ça va ?

— Non. Mais ça viendra.

Je raccrochai et pris une longue douche. Il était temps de revenir au monde des vivants.

J'avais des décisions à prendre.

CHAPITRE QUINZE

Nico

Mon enquêteur privé avait trouvé la trace d'un billet d'avion pour le Michigan au nom de Sondra la nuit du mariage. Je louai une voiture à Détroit et conduisis une heure et demie vers Marshall. Je portai un jean et une chemisette. C'était ma tentative pour dissimuler que je faisais partie de la mafia, pour trouver comment au moins passer la porte d'entrée des parents de Sondra.

On m'avait tiré dessus. On m'avait tabassé. J'avais passé des accords de millions de dollars. Rien ne m'avait fait transpirer comme ça.

Je pensais que je n'aurais droit qu'à une seule tentative, et je ne savais pas si je pourrais réussir. Quand j'arrivai à Marshall, je m'arrêtai pour acheter des fleurs, mais ensuite je décidai que c'était trop cliché. Sondra n'avait pas besoin de fleurs ni d'argent de ma part. Elle avait besoin… je ne savais pas de quoi elle avait besoin, mais je suspectais qu'il fallait que je mette mon cœur à nu d'une manière ou d'une autre.

Ce que j'étais prêt à faire.

J'arrivai à la maison de ses parents et sonnai. Une jolie femme dans la cinquantaine ouvrit la porte. Elle affichait un sourire plein d'espoir, qui s'effaça quand elle examina mon visage.

— Vous devez être Nico, dit-elle.

Il y avait de la déception et du jugement dans sa voix. J'avais sans aucun doute du pain sur la planche.

— Oui, madame.

Un homme qui devait être le père de Sondra apparut derrière elle.

Eh bien, il était temps de faire amende honorable.

— Je sais que j'ai blessé votre fille, mais je suis là pour arranger ça. J'aimerais juste avoir une chance de lui parler.

— Elle n'est pas là, répondit sa mère.

Mon torse se serra. Allais-je feindre de le croire ? Je savais qu'elle était venue à Marshall.

— Où…

— Elle est allée marcher.

Du menton, sa mère indiqua la rue derrière moi.

— Oh.

Le soulagement se déversa en moi. Chaque cellule de mon corps voulait se ruer dans cette rue et parcourir toute la ville jusqu'à la trouver. Mais je n'avais même pas encore gagné la bataille avec ses parents.

— Puis-je entrer ?

Apparemment, ils incarnaient trop la gentillesse des habitants du Midwest pour me le refuser. Sa mère ouvrit la moustiquaire et tous deux reculèrent, me laissant pénétrer dans leur doux foyer de classe moyenne. Quand son père me fit signe d'aller vers le canapé, je m'y assis. Il se racla la gorge et m'offrit quelque chose à boire, ce que je refusai.

— Je veux que vous sachiez tous les deux que je suis sérieux au sujet de votre fille. Bien sûr, je respecterai sa décision, mais je l'aime et je veux passer le reste de ma vie avec elle. Fonder une famille, même.

Ma voix s'étrangla un peu et je l'éclaircis.

— Je prendrai bien soin d'elle. Et je soutiendrai sa carrière à cent pour cent. C'est une femme intelligente et talentueuse et je sais qu'elle réussira tout ce qu'elle entreprendra.

La tension avait quitté ses parents. Je ne savais pas si je les avais convaincus, mais je les avais au moins adoucis. C'était un début.

— Eh bien, je ne sais pas vraiment ce qui s'est passé entre vous deux, mais Sondra a le cœur br…

— Maman.

Je bondis sur mes pieds au son de la voix de Sondra. Elle se tenait derrière la moustiquaire. J'oubliai d'attendre d'y être invité, je fis aussitôt le tour pour aller vers la porte d'entrée, l'ouvrant en grand.

— Sondra.

Elle était pâle. Des cernes sombres sous ses yeux marquaient son beau visage.

— Que se passe-t-il ? demanda-t-elle.

Son regard passa sur moi de haut en bas.

— Et qu'est-ce que tu portes ?

— J'essaie de m'intégrer, murmurai-je avant de sortir de la maison. Puis-je marcher avec toi ? Ou voudrais-tu faire un tour en voiture ?

Mon cerveau s'emballait, essayant de trouver quelque chose de plus attirant à offrir, mais elle répondit :

— Ouais, d'accord.

Le soulagement me fit presque tomber à genoux.

— Marche ou voiture ?

Elle regarda la voiture de location – la Ford Explorer était le mieux que j'avais pu avoir – et haussa les sourcils.

— Marchons.

— D'accord.

Je lui pris la main, me demandant si elle allait la retirer, mais elle me la laissa. La sienne était moite et froide.

— Sondra, je n'ai jamais couché à droite et à gauche quand j'étais avec toi ou avec une autre. Il faut que tu le saches.

— Je sais.

Mon pas hésita. Elle semblait si calme, si certaine.

— Vraiment ?

— Ouais. Corey a parlé à Tony, Sal et Leo. Ils ont tous dit la même chose que toi.

— J'aurais dû te parler du problème. Pour être honnête, j'ai passé ma vie entière à le garder sous le tapis, là où je n'aurais pas à y penser. Un dilemme pour demain… tu vois ce que je veux dire ?

Elle leva les yeux vers moi et j'aurais juré voir de la compassion dans la douceur de ses yeux. Je pris une inspiration et continuai précipitamment.

— Jenna Pachino est venue à Las Vegas parce que son père l'avait envoyée pour qu'elle me force la main, mais elle ne veut rien savoir de ce mariage arrangé. Nous nous sommes mis d'accord pour qu'elle puisse s'enfuir et rester loin pendant un moment jusqu'à ce que j'aie arrangé les choses. Je lui ai donné de l'argent pour disparaître. C'est tout ce qu'il y a entre nous, je le jure devant *la Madonna.* Nous n'avions jamais autant parlé. C'est la seule fois où nous avons été seuls ensemble dans une pièce. Avant ça, nous nous évitions comme la peste.

— Je ne veux plus parler d'elle, Nico.

Mon cœur s'arrêta. Redémarra de manière irrégulière. Je m'arrêtai et la fis pivoter vers moi, je pris son autre main comme si nous étions de futurs mariés devant l'autel.

— Veux-tu parler de nous ?

Elle hocha la tête.

— J'ai entendu ce que tu as dit à mes parents.

Sa voix était étranglée.

Ma gorge se serra.

— Je veux t'épouser, *amore*. Je veux trouver comment faire pour que ça fonctionne. Et c'est compliqué, bon sang. Voudrais-tu…

Je pris une inspiration.

— Voudrais-tu de moi si je n'avais rien ? Pas de casino, pas de famille ?

La surprise apparut dans ses yeux. Elle s'humidifia les lèvres.

— Tu pourrais tout recréer. Tu pourrais créer n'importe quoi.

Maintenant, c'était moi qui étais surpris. Je m'attendais à de la résistance, à beaucoup de persuasion. Elle y allait doucement avec moi.

— Est-ce que ça signifie… est-ce que tu l'envisages ? Y es-tu prête ?

Sondra

Je ne m'étais pas doutée à quel point je voulais que Nico me serre dans ses bras. Qu'il me promette la lune et le soleil, ou peut-être simplement qu'il prenne les commandes et m'enlève. Qu'il me dise que j'étais à lui et qu'il m'attacherait au lit jusqu'à ce que je le jure.

Mais je devais être forte en cet instant. Je devais être une grande fille et choisir par moi-même.

— Je ne sais pas, chuchotai-je.

Nico se laissa tomber à genoux, ici même sur le trottoir. Des larmes brouillaient ma vue.

— J'ai besoin de toi, Sondra. Je n'avais pas de raison de vivre avant de te rencontrer. Tu as apporté la lumière là où il n'y avait que les ténèbres. Tu me donnes… tu me reçois sans aucune barrière. Je ne sais pas comment tu fais, mais je ne peux pas vivre sans toi.

— Lève-toi, Nico, marmonnai-je entre mes lèvres tremblantes.

J'essayai de le tirer pour qu'il se relève. Des larmes coulaient sur mes joues.

— Je ne sais même pas ce que je peux t'offrir, mais je promets que ce sera tout ce que j'ai. Tout.

— Oui. *Oui.* Nico, c'est toi que je veux.

Il retomba et m'attira sur ses genoux. Les gens qui passaient en voiture nous regardaient comme si nous étions fous et je m'en fichais complètement.

— Tu veux de moi ?

Sa voix était écorchée, brisée.

Je pris son visage entre mes mains.

— Oui.

La dureté revint sur son visage, mais ce n'était pas effrayant, c'était exaltant. Parce que c'était une force et une détermination d'acier. La même force qui me faisait frissonner à chaque fois qu'il jetait son dévolu sur moi.

— Veux-tu m'épouser ?

— Oui.

Il me prit dans ses bras et nous remit tous les deux debout.

— Bien.

Il m'attrapa la main et m'entraîna vers ma maison. Ses épaules étaient carrées, sa démarche vive, comme s'il allait au combat.

— Il y a juste un autre accroc important à régler. Après

ça, je suis sûr que nous pourrons nous occuper du reste ensemble. D'accord, bébé ?

— Oui. D'accord.

Nous arrivâmes devant chez moi et il alla droit vers la voiture.

— J'ai déjà un sac avec tes affaires… venant du casino. Va dire au revoir à tes parents. Dis-leur que nous allons acheter une alliance et que nous les contacterons pour la date du mariage.

Il me lança un clin d'œil et s'appuya contre le véhicule.

Ça ne me dérangeait pas de voir que sa personnalité prétentieuse et autoritaire était de retour. En fait, j'adorais plutôt ça, autant que j'aimais savoir qu'il avait montré de l'humilité devant moi.

Nico Tacone, l'homme puissant qui avait besoin de moi.

Sondra

Nico resta silencieux sur le trajet et il ne voulut pas me dire où nous allions. Au début, je crus que nous faisions route vers Chicago, jusqu'à ce que nous nous arrêtions finalement dans un établissement pénitentiaire fédéral à Pekin, dans l'Illinois, et que je m'aperçoive que nous allions rendre visite à son très cher père.

Nico se tourna vers moi après s'être garé.

— Je jure devant le *Cristo* que je ne te redemanderai jamais ça. Mais je veux qu'il te rencontre. Je vais essayer d'obtenir son approbation pour notre union.

Mon ventre papillonna sous le stress, mais je hochai la tête.

Il la hocha lui aussi et nous sortîmes du véhicule.

— Je suis sur la liste des visiteurs autorisés. J'ai un contact qui devrait avoir la patte assez graissée pour nous laisser passer tous les deux.

Nous nous approchâmes de la zone d'enregistrement et je regardai Nico croiser le regard d'un gars qui s'avança vivement. Il y eut un bref échange, et soudain nous nous retrouvâmes en tête de file, on nous fouilla à la recherche d'une arme avant de nous escorter dans la zone visiteurs.

Don Santo Tacone entra, portant son uniforme de prisonnier orange. C'était une version plus âgée de Nico, mais sans aucune vie dans ses yeux. C'était des orbes froids et intransigeants et, quand ils se tournèrent vers moi, le frisson froid de la mort parcourut ma colonne vertébrale.

Nico sortit deux livres brochés – déjà vérifiés par les gardes – et les poussa sous la séparation en verre.

Son père ne les regarda même pas. À la place, il me fixa. Durement.

— Qui est-ce ?

— Ma fiancée.

Ses sourcils tressaillirent.

— Certainement pas.

— Ce n'était pas une question.

Mon estomac se noua. Je transpirais, j'avais froid, peur pour Nico. Peur pour nous deux.

Les yeux de son père se plissèrent et il tourna son regard vers Nico.

— Tu la choisirais elle plutôt que la famille ?

Nico cligna rapidement des yeux, puis hocha la tête.

Don Santo dirigea son attention sur moi, m'examina de nouveau de haut en bas avec un regard critique.

— Pourquoi ?

Nico déglutit.

— Elle est… ma pièce manquante. J'ai besoin d'elle.

— Tu n'as pas à prendre de décisions qui affectent toute la famille. Cela me revient à moi seul. Tu n'es rien sans nous, cracha-t-il.

Nico n'avait jamais eu l'air aussi sérieux.

— Peut-être. Mais je l'aurai encore, elle.

Son père se leva et sortit.

Je voulais vomir. Je ne savais pas à quoi Nico s'était attendu avec cette rencontre, mais d'une certaine manière, je ne pensais pas que ça s'était passé comme prévu.

Nous nous levâmes et nous en allâmes. Nico ne parla pas avant que nous soyons montés dans le véhicule.

— Alors, qu'est-ce qu'on fait maintenant ? demandai-je, la voix tremblante.

Nico ne me regarda pas. Son visage était un masque dur alors qu'il faisait démarrer la voiture, regardant droit devant lui.

— Alors maintenant, soit tout ira bien, soit des problèmes vont arriver.

Je m'étouffai avec ma propre salive.

— Quel genre de problèmes ?

Il tendit la main vers la mienne et la serra.

— Il ne t'arrivera rien. C'est dans la famille.

— Nico. C-combien de temps avant que les choses ne soient réglées ?

— Oh, très bientôt. Je dirais pas plus de quarante-huit heures, répondit-il en prenant la sortie vers Chicago. Alors nous allons laisser les choses mariner. Le dénouement apparaîtra bientôt. En attendant, je vais t'acheter le plus gros diamant de la Ville des Vents[1].

— Je n'ai pas besoin d'un diamant, murmurai-je alors que la peur étreignait mon cœur.

Je ne regrettais pas d'avoir choisi Nico. Pas après ce que je venais de voir. Il était prêt à se mettre toute sa famille à dos pour moi. Mais j'avais vraiment peur. Je n'étais absolument pas dans mon élément.

— Tu auras un diamant, dit Nico, son humeur semblant s'éclaircir. Tu vas me laisser te gâter, cette fois.

Son amour sembla s'enrouler autour de moi et m'enserrer.

— D'accord, murmurai-je.

Tout ce qui le rendrait heureux.

Nous finîmes par trouver un diamant en forme de poire chez Tiffany. Quand nous revînmes à l'Explorer, trois gars étaient appuyés dessus, les bras croisés dans une posture de gros durs. Nico se raidit, mais son pas n'hésita qu'une seconde.

— Donne-moi les clés, ordonna l'un d'eux.

Il ressemblait à Nico, mais en plus âgé.

Nico lui lança les clés.

Son frère – je présumai que c'était son frère – appuya sur la clé pour déverrouiller les portières et les deux autres gars les ouvrirent.

— Montez.

Nico m'aida à grimper à l'arrière et se glissa à côté de moi.

— Mets-la sur tes genoux, gronda un des gars alors qu'ils nous prenaient en sandwich sur le siège arrière. L'un d'eux avait une arme pointée sur nous.

Son frère fouilla la boîte à gants et sous le siège.

— Tu n'as pas apporté de flingue ?

Il y avait un ton moqueur dans sa voix, comme si Nico s'était fait surprendre avec le pantalon sur les pieds.

— Non, confirma Nico.

Son frère lui jeta un coup d'œil dans le rétroviseur.

— Bordel, qu'est-ce que tu portes ?

Nico ne répondit pas. Son frère démarra et, quand nous fûmes sortis de la ville, un des gars sortit deux bandeaux qu'il nous attacha autour de la tête. Je flippais modérément avant. Maintenant, j'étais prête à me faire dessus.

L'Explorer se mit à ralentir et tourna sur ce qui semblait être un chemin de terre. J'entendis un autre véhicule nous suivre. Les bras de Nico se serrèrent étroitement autour de ma taille, comme si, en s'accrochant à moi, il pouvait me protéger de ce qui était sur le point d'arriver.

Nous nous arrêtâmes. La voiture derrière stoppa aussi. Mon bandeau fut retiré, mais pas celui de Nico.

Un quatrième gars sortit de derrière le volant d'une Range Rover noire. Les portières s'ouvrirent brusquement et ils nous tirèrent dehors. Son frère me maîtrisa. Un des autres sortit une corde et attacha les poignets de Nico derrière son dos, puis ils le forcèrent à se mettre à genoux.

Ensuite, ils le frappèrent au visage à tour de rôle.

— Nico ! hurlai-je, luttant contre la prise de son frère.

Nico tenta de se remettre debout.

— Junior, tu touches à un seul de ses cheveux…

— Je ne lui fais pas de mal, dit Junior, d'un ton presque amusé. Je ne fais que la maîtriser.

C'était vrai. Ses mains étaient énormes, comme celles de Nico, mais il ne m'avait pas attrapée avec une force brutale. Il me maintenait les bras derrière le dos pour me retenir, et tout ça avec peu d'effort.

Nico se calma légèrement.

— C'est la fille pour qui tu es prêt à tout abandonner ? demanda son frère.

Une des brutes frappa encore Nico au visage et des gouttes de sang volèrent de sa bouche.

Je hurlai.

— Ouais.

— Tout ? Tu penses qu'elle voudra encore de toi quand tu seras pauvre ?

— Je veux de lui, lâchez-le…

J'agitai les jambes dans tous les sens, essayant de me libérer.

— Tu ne pourras pas l'avoir si tu es mort.

Toute trace d'amusement avait quitté sa voix, la froide menace planait toujours de manière alarmante dans l'air.

— Non, hurlai-je. Ne le tuez pas. Je le laisserai tranquille. Je m'en irai. S'il vous plaît… je suis désolée. Laissez-le partir. Je ne vous gênerai pas.

Nico ne bougeait pas. Il se tenait à genoux, la tête haute, immobile, même quand les brutes le frappaient dans les côtes.

— Hum ? Tu préférerais être mort que de vivre sans elle ?

Nico cracha le sang provenant de ses lèvres. Celle du bas était fendue. Il hocha la tête.

— Ouais.

— Noooon, hurlai-je.

Mon cri résonna à travers les arbres. Ma voix était éraillée.

Tout était ma faute. Il avait fait ça pour moi. Je n'avais eu aucune idée de ce que cela lui coûterait. De ce qu'il risquerait.

Junior arma son flingue et le pointa sur ma tête.

— Et si je la tuais aussi ?

Le visage de Nico se tordit sous le bandeau, la rage déformait ses traits. Je ne l'avais jamais vu avec un air si terrifiant. Il tenta de se lever brusquement. Les deux soldats lui attrapèrent les épaules et le firent retomber, lui balançant des coups de poing dans le ventre.

— Je foutrai en l'air tout ce que tu as jamais aimé, gronda Nico.

Junior poussa un petit rire sombre.

— Ce serait difficile à faire d'entre les morts.

— Sois-en sûr, cracha Nico.

Junior me lâcha.

— J'en suis sûr.

Il leva le menton vers les hommes de main, qui reculèrent brusquement. Junior s'avança et sortit un couteau de sa ceinture.

— Non, s'il vous plaît !

Je me précipitai, prête à me jeter sur le bras de Junior, mais un des soldats m'attrapa par la taille.

— Doucement avec elle, l'avertit Junior.

Doucement avec moi ? Mon cerveau se démena pour comprendre pourquoi, mais ensuite Junior tendit le bras derrière Nico et utilisa la lame pour couper la corde qui lui entravait les mains.

— Où est Jenna Pachino ? demanda Junior.

— Je lui ai donné de l'argent pour qu'elle disparaisse un moment. Tony lui fera savoir quand les choses se seront arrangées.

— Elles sont arrangées. J'ai parlé au vieux Pachino. Nous avons une nouvelle alliance. Tu es tiré d'affaire.

Junior attrapa le visage de Nico avec ses deux mains, puis l'aida à se relever. Il arracha le bandeau et embrassa son frère sur chaque joue. Puis il se retourna et se dirigea à grands pas vers leur Range Rover. Je pensai l'avoir entendu marmonner : « Bienvenue dans la famille », alors que je passais en courant à côté de lui pour rejoindre Nico.

Celui-ci écarta les bras et m'attrapa.

Je pleurais, le serrant de toutes mes forces.

— Doucement, bébé. Pas si fort.

Oh Seigneur ! Je reculai brusquement. Il avait probablement des côtes fêlées. Meurtries, sans aucun doute.

Les portières de la voiture claquèrent, les quatre hommes avaient grimpé dans la Range Rover, nous laissant seuls.

— C'est bon, viens là.

Il m'attira contre lui, embrassant le dessus de ma tête.

— Es-tu blessée ?

— *Moi* ? couinai-je.

— L'es-tu ?

Sa voix était devenue tranchante, comme s'il y aurait eu du grabuge si je l'avais été.

— Non, pas du tout.

Je pris une inspiration tremblante contre lui, mouillant de mes larmes sa chemisette éclaboussée de sang.

Son large corps se détendit. Il frotta mon dos et me caressa les cheveux.

— Tout ira bien.

— Vraiment ? Que vient-il de se passer ?

— C'était un test. Ou peut-être un jugement. Un peu des deux, je suppose.

Je levai la tête, clignant mes cils humides pour voir son visage tuméfié.

— Un test ? Le savais-tu ?

Il haussa les épaules.

— J'en étais à peu près sûr, à soixante pour cent.

Sûr à soixante pour cent qu'il ne mourrait pas pour moi.

Je sentis mes genoux fléchir et je m'appuyai contre lui.

— Alors tu as réussi ?

Nico se mit à rire malgré ses lèvres ensanglantées.

— Ouais, bébé. Tout va bien. Nous allons nous marier. Tu vas redécorer le Bellissimo. Mon petit frère Stefano va m'aider à diriger le casino, et je vais consacrer mes heures à te rendre heureuse.

Je frottai mon visage contre son torse.

— Je suis déjà heureuse, murmurai-je.

Et c'était vrai. J'étais vraiment secouée par ce qu'il venait de se passer, mais plutôt que de me faire changer d'avis sur l'idée de lier ma vie à celle de Nico, son engagement total et complet envers moi l'avait renforcée. Je comprenais qu'il faisait partie d'un monde qui n'était pas joli, mais il ferait n'importe quoi pour moi. Même donner sa vie.

Alors j'avais la conviction que nous réussirions le reste ensemble.

ÉPILOGUE

Alex

J'ACCEPTAI un autre verre de champagne et le descendis d'un trait. Adossé contre le pilier central, j'avais vue sur toute la réception.

J'étais surpris que les Tacone aient mis le paquet pour le mariage de Nico, étant donné ce que ça signifiait pour la famille Pachino. Je supposai que Junior Tacone avait conclu un accord avec Don Guiseppe, mais ça ressemblait à une insulte, si on me demandait mon opinion.

Bien sûr, personne ne me l'avait demandée.

Le mariage se passait dans un des hôtels les plus beaux de Chicago : au dernier étage, des baies vitrées d'un mur à l'autre surplombaient la ville et le lac Michigan. La mariée était mignonne, pas le genre que j'aurais imaginé que Nico choisirait, mais jolie, si on aimait ce genre de blonde ordinaire. Sa famille venait du Michigan, une bande de protestants blancs ringards d'une petite ville, à l'exception de sa demoiselle d'honneur, une rousse toute en jambes qui donnait l'impression de pouvoir se défendre avec n'importe lequel d'entre nous. Et, si j'interprétais correctement leur langage corporel, elle était peut-être déjà liée avec Stefano, le plus jeune frère de Nico.

Nico dansait avec sa mère, la jeune mariée avec son père. C'était si mièvre que j'en avais mal aux dents.

Bien sûr, j'avais entendu dire que Nico s'était fait tabasser pour avoir voulu s'affranchir du contrat, même si c'était Jenna qui s'était enfuie. J'avais aussi entendu dire que Nico avait peut-être financé cette disparition. J'attendais une fichue autorisation de vérifier ce fait.

Parce que chaque satané jour où cette fille restait portée disparue me donnait envie de coller encore mon poing dans un mur. Je ne supportais pas de ne pas savoir si elle était en sécurité ou si elle avait des problèmes. Si elle avait besoin de mon aide.

Déjà, le fait qu'elle ait cherché de l'aide auprès de Tacone me tuait, mais je supposai que ça tombait sous le sens. Elle avait besoin qu'il mette fin à ce contrat de mariage. Je supposai que, pour cette raison, je devrais être reconnaissant envers Tacone.

Mais je ne l'étais pas.

Je voulais tuer cet enfoiré parce qu'il savait quelque chose sur Jenna Pachino, alors que moi non.

Don G. s'approcha et me proposa un cigare. J'acceptai, même si je ne les appréciais pas vraiment. Ça rendait le vieux heureux, et ça faisait partie de mon boulot.

— Il est temps, dit-il d'une voix rauque.

Je ne me souvenais pas qu'il m'ait donné un boulot.

— De faire quoi ?

— De ramener ma fille.

Mon cœur se mit à battre plus vite.

— Le fils Tacone sait où elle est. Découvre-le. Va la chercher. Remets-la dans le droit chemin. Ramène-la à la maison. Elle a joué à la rebelle assez longtemps.

Quel putain de soulagement !

Je m'éloignai du pilier.

— Je m'assurerai que ce sera fait.

— Je sais. C'est pour ça que je te l'ai demandé.

Je lui lançai un coup d'œil. Jenna Pachino avait été intouchable pendant toute ma vie. Enfin, pendant toute *sa* vie, puisque j'avais six ans de plus qu'elle. Le fait était que je n'avais jamais eu le droit de regarder cette fille, encore moins de céder au genre de fantasmes dans lesquels je voulais qu'elle joue le premier rôle.

Alors quand Don G s'est adressé à moi, en particulier, pour ce travail, je n'ai pas pu dire s'il m'avertissait de faire gaffe à mes fesses et de ne pas la toucher, ou s'il me donnait la permission de la courtiser.

Je savais une chose : quand je retrouverais Jenna Pachino, j'allais prendre mon temps avec la directive de *la remettre dans le droit chemin*, avant de la ramener à la maison.

Parce que pour moi, Jenna Pachino m'avait toujours appartenu.

Fin.

MERCI D'AVOIR lu *Roi de carreau*. Si vous avez apprécié votre lecture, n'hésitez pas à laisser un avis : les avis font une grande différence pour les auteurs indépendants. **Pour profiter d'une scène bonus gratuite avec Sondra et**

Nico, *Le Cadeau de Noël de Sondra*, cliquez-ici et inscrivez-vous à ma newsletter:
https://www.subscribepage.com/reneerosefr

Ne ratez pas la nouvelle *Atout cœur* (Jenna et Alex), à paraître prochainement, ainsi que le prochain tome *Valet de pique* (Stefano et Corey).

NOTES

CHAPITRE NEUF

1. .Portion de 6,7 km de la partie sud du Las Vegas Boulevard, comprenant grands hôtels, casinos et centres de villégiature.

CHAPITRE DOUZE

1. Le Metropolitan Museum of Art de New York est l'un des plus grands musées d'art au monde.

CHAPITRE QUINZE

1. Surnom de la ville de Chicago.

OUVRAGES DE RENEE ROSE PARUS EN FRANÇAIS

Alpha Bad Boys

La Tentation de l'Alpha

Le Danger de l'Alpha

Le Trophée de l'Alpha

L'Amour dans l'ascenseur (Histoire bonus de La Tentation de l'Alpha)

Le Ranch des Loups

Brut

Fauve

Féral

Sauvage

Les Nuits de Vegas

Roi de carreau

À PROPOS DE RENEE ROSE

RENEE ROSE, AUTEURE DE BEST-SELLERS D'APRÈS USA TODAY, adore les héros alpha dominants qui ne mâchent pas leurs mots ! Elle a vendu plus d'un million d'exemplaires de romans d'amour torrides, plus ou moins coquins (surtout plus). Ses livres ont figuré dans les catégories « Happily Ever After » et « Popsugar » de USA Today. Nommée *Meilleur nouvel auteur érotique* par Eroticon USA en 2013, elle a aussi remporté le prix d'*Auteur favori de science-fiction et d'anthologie* de Spunky and Sassy, celui de *Meilleur roman historique* de The Romance Reviews, et les prix de *Meilleur roman de science-fiction*, *Meilleur roman paranormal*, *Meilleur roman historique*, *Meilleur roman érotique*, *Meilleur roman avec jeux de régression*, *Couple favori* et *Auteur favori* de Spanking Romance Reviews. Elle a fait partie de la liste des meilleures ventes de USA Today cinq fois avec plusieurs anthologies.

Abonnez-vous à la newsletter de Renee pour recevoir des scènes bonus gratuites et pour être averti·e de ses nouvelles parutions!

https://www.subscribepage.com/reneerosefr

Printed in Poland
by Amazon Fulfillment
Poland Sp. z o.o., Wrocław

64616320R00141